Zu welchen Göttern, fragte ich, betet man denn in dieser Stadt?
Und er antwortete: Zu all jenen Göttern, welche Die Zeit noch nicht erschlagen hat.

Lord Dunsany, »Idle Days on the Yann«

Der Schnee gibt dir die besten Tage deines Lebens.
Aber er kann dich auch umbringen.

Jake Burton, Snowboard-Weltmarktführer

1. Picknick in den Bergen

»Warte! Warte! ... Jetzt!«

Marlen schaltet auf Standbild, und wenn ich nicht genau wüßte, daß man vom Fernsehen allein keinen Orgasmus kriegt, würde ich sie jetzt fragen, wie's war.

»Was, jetzt?«

Angesichts der Tatsache, daß die beiden Darsteller im Verlauf dieses Liedes bereits auf einer Yacht, in einem verschneiten Wald und vor einem goldenen Tempel getanzt haben, kann ich nichts Außergewöhnliches daran finden, daß der Typ jetzt auch noch mit Zuckerwatte ankommt und sich bei einer Stoffmaus unterhakt, die gut zwei Handbreit größer ist als er selbst.

»Der *Blick*!«

Marlen beugt sich noch näher zum Bildschirm, und ich verspüre das starke Verlangen, meinen Freundeskreis dramatisch zu dezimieren.

»Du bist echt krank«, sage ich und ärgere mich noch im selben Moment über die Untertreibung. Wenn eine Frau ihrer besten Freundin nicht mehr die Wahrheit sagen kann, wem dann? »Das ist kein Blick, das ist ein intellektueller Offenbarungseid.«

Marlen reagiert wie erwartet, nämlich gar nicht. Marlen ist beleidigt. Am liebsten würde sie jetzt losheulen. Heul jetzt bitte nicht los, denke ich, und sie tut mir den Gefallen. Dafür gibt sie die dümmste aller möglichen Antworten: »Yash hat studiert«, sagt sie, ihr Gesichtsausdruck liegt irgendwo zwischen Weltschmerz und Liebeskummer, »du wirst sehen, der hat voll was drauf.«

Dazu muß man wissen, daß ein Typ, den Marlen toll findet, schon dann voll was drauf hat, wenn er es schafft, sich alleine die Schuhe zuzubinden. Aber das sag ich jetzt nicht. Ich sage: »Mach mal weiter« und hoffe, daß die Sache damit erledigt ist.

Marlen macht weiter. Yash auch. Er hat die Stoffmaus inzwischen losgelassen und wendet sich wieder dem Mädchen zu, hebt ihr Kinn und klaut ihr mit der anderen Hand die Zuckerwatte. Das Mädchen macht einen Oh-Mund und ein Na-warte-Gesicht, aber Yash flieht schon zwischen Rosenbeeten durch, weg von der Kirmes, einen gekiesten Weg entlang auf ein Schloß zu. Er trägt jetzt einen taubenblauen Anzug, das Schloß ist plötzlich ein See, und ich habe längst aufgehört zu zählen, wie oft sie sich schon umgezogen haben; mit fast jeder Strophe wechseln Schauplatz, Tageszeit und Kleidung. Vom ersten verliebten Blick am mediterranen Yachthafen hat es keine halbe Minute gedauert, bis die beiden über eine verschneite Brücke gegangen sind; mittlerweile bewegt sich das Mädchen in einem lachsfarbenen Volantkleidchen um ihn herum, sie wirft die Arme in die Luft wie Olivia Newton-John auf Speed, und ich versuche fast zwanghaft, eine Bedeutung darin zu sehen, schaffe es aber nicht, die Begriffe Jahrmarkt, Schloß und Yachthafen unter einen Hut zu kriegen.

Yash wird auf einmal sehr ernst. Er singt etwas, das wie ein zu schnell abgespieltes Tonband klingt, und Marlen schlägt die Hände vors Gesicht, obwohl sie den Film bestimmt schon hundertmal gesehen hat.

»Was ist denn, was sagt er?« Ich greife rechts von mir auf den Boden und lasse die Tüte extra laut knistern.

»Schhhhh...!«

Ich kaue mit geschlossenem Mund weiter.

»Ich sterbe für dich, ich werde für dich sterben.«

Ich sehe meine Freundin lange von der Seite an. »Nicht nötig«, sage ich, »hab bloß den Mund zugemacht, das hätte jede an meiner Stelle...«

»Charlotte!«

Nur meine Feinde nennen mich Charlotte. Meine Feinde sind alle, die hier im Dorf wohnen, außer Marlen und John-Boy und meinen Eltern. Meine Eltern nennen mich Lotte, und in Fällen besonderer Grausamkeit Lottchen. John-Boy nennt mich gar nicht; irgendwie gefällt mir das am besten. Sonst heiße ich Charlie. Charlie, wie diese Jungs aus amerikanischen Fliegerfilmen, die immer alles richten: Charlie, bring den Vogel runter. Charlie Delta Foxtrott Zulu. So ein Charlie. Und es gibt niemanden, wirklich niemanden, der daran zweifelt, daß ich den Vogel runterbringe, immer. Das ist ein Problem. Wenn das jemand versteht.

Ich sehe wieder zum Fernseher. Das Mädchen hat jetzt ein rotes Kästchen in der Hand, das aussieht wie diese Kreidequader, in denen man Billardstöcke rumknirscht.

»Was *macht* sie denn da?« Ich lasse die Flipstüte wieder neben den Sessel fallen und verschränke die Arme.

Yash nimmt seiner Angebeteten das Kästchen aus der Hand und wirft etwas in die Luft. Als eine feine rote Pulverwolke in den Himmel steigt, friert das Bild ein, und Marlen legt die Fernbedienung auf den Tisch.

»Nimm ein wenig Zinnober und fülle meinen Scheitel«, sagt sie, ihre Wangen sind leicht gerötet, und ihre Augen sehen aus, als hätte sie Fieber. Auch ihre Worte klingen etwas fiebrig, finde ich.

»Tut mir leid, aber ich...«

Sie knallt ihre Colaflasche so laut auf den Glastisch, daß ich nicht wage weiterzusprechen: »Wenn er ihre Scheitellinie mit Zinnober füllt, steht sie unter seinem Schutz. Dann sind sie so was wie verheiratet.«

Woher das Mädchen das rote Zeug plötzlich hat, frage ich besser nicht. Daß es Bollywood mit der Logik nicht so genau nimmt, hat Marlen schon erklärt. Dafür kommt jeder Bewegung, jedem Kleidungsstück, jeder Umgebung angeblich eine höhere Bedeutung zu. Sie hat mir sogar mal ein Buch gezeigt, wo alles drinstand, also welche Tanzschritte wofür stehen, welche Farben der Held tragen darf, welche Stoffe die Heldin und so weiter. Emotionale Einsicht nennt Marlen das und kommt sich dabei vermutlich vor wie die Weisheit persönlich.

Yash tanzt gerade vor einem Bergpanorama; er steckt dem Mädchen Blumen ins Haar, diese gelben, aus denen am Muttertag Kränze geflochten werden, und erst denke ich, daß ich mir das einbilde oder daß Marlens Billig-Cola vielleicht Halluzinationen hervorruft, aber Yash schlägt wirklich ein Rad auf der Wiese und dann noch eins, immer weiter um sie rum.

Der Sonne scheint das egal zu sein, sie bestrahlt weiter verschneite Gipfel und grüne Täler, und Marlen wirft sich noch eine Ladung Nic Nacs in den Mund, obwohl sie eigentlich anfangen wollte, auf ihre Figur zu achten, was natürlich absurd ist, weil Marlen zu den Leuten gehört, die essen können, was sie wollen, ohne dick zu werden. Trotzdem ist sie immer unzufrieden mit sich, und ich weiß nie, ob das nur so eine Masche ist, um Aufmerksamkeit zu kriegen, oder ob das in der Natur der Sache liegt, also ob es für sie leichter wäre, wenn sie bloß durchschnittlich aussähe. Weil sie aber *fast perfekt* aussieht, setzt sie natürlich alles daran, *total perfekt* auszusehen, was ihr nie gelingen wird, weil ihre Ansprüche an sich selbst in dem Maße steigen, in dem sie sich der Perfektion nähert. Unser Deutschlehrer würde das eine Tragödie nennen. Mein Freund John-Boy würde mir ein Bier geben und sagen, ich solle aufhören zu buddhistizieren.

»Jetzt sag nicht, daß er dich kaltläßt.«

»Er läßt mich kalt«, sage ich und bemühe mich, noch gelangweilter zu klingen, als ich es bin, während Yash mit Picknick-Utensilien hüpfend hinter einer Bergkuppe auftaucht.

Marlen formt die linke Hand zu einem Schälchen, schüttet den Rest des Tüteninhalts hinein und kaut mit offenem Mund. »Um so besser.« Sie wirft mir einen Blick zu, der nicht mal gespielt wirkt. »Du warst die einzig ernstzunehmende Konkurrenz.«

Yash albert mit einem Weißbrot herum, und eigentlich will ich jetzt wirklich gehen, aber ich schaffe es einfach nicht, meinen Blick abzuwenden. Das ist so wie bei Horrorfilmen, da kann ich auch nie weggucken, selbst wenn ich das gern würde, weil ich viel zu große Angst habe, daß die Bilder in meinem Kopf schlimmer werden als die richtigen, also die im Film, die ja eigentlich auch keine richtigen sind.

»Außerdem ist der bestimmt voll klein, so wie alle Schauspieler, wenn man sie in Wirklichkeit sieht«, sage ich.

Marlen reagiert nicht. Anscheinend will sie mit offenen Augen ins Verderben laufen.

Ich werfe einen Blick auf meine Uhr und starte einen letzten Versuch: Ich stelle mich breitbeinig vor den Bildschirm, hake die Daumen hinter den Bund meiner Jeans und sage mit Gary-Cooper-Stimme: »Du hast noch genau fünfzehneinhalb Stunden, um zur Vernunft zu kommen.« Dabei fixiere ich das mannshohe Regal mit Bollywood-Filmen hinter ihr, eine hübsche Sammlung, die sich Marlen übers Internet aus allen Teilen der Welt zusammenersteigert hat, seit klar ist, daß dieser Yash ins Dorf kommt.

Eine Ladung Nic Nacs prasselt neben meinen Kopf, und ich schätze, das war als Antwort ausreichend.

»Tu, was du willst.« Ich nehme meine Jacke. »Aber rechne nicht damit, daß ich dir morgen die Hand halte.«

Marlen drückt die *Eject*-Taste, und mit einem Surren, das in meinen Ohren wie Engelsgesang klingt, befördert ein anbetungswürdiger Mechanismus die DVD aus dem Recorder.

2. In Freiheit

Yash Dhawan schlug den Kragen seines Mantels hoch und trat auf die Gangway. Er hatte vollkommen vergessen, wie kalt es in diesem Land sein konnte. Selbst wenn die Sonne schien.

Warum das denn nicht weitergehe, rief Rahul hinter ihm, und seine Bodyguards zückten Sprechfunkgeräte, als könnten sie ihm damit den Weg frei schießen.

Yash hatte versucht, Rahul zaghaft darauf vorzubereiten, was ihn hier erwarten würde. Er hatte ihm gesagt, daß sie keine Bodyguards brauchen würden, keine Sonnenbrillen, daß sich die Zahl der kreischenden Mädchen auf dem Rollfeld in Grenzen halten würde. Aber Rahul hatte bloß gelacht und gesagt, du bist Yash Dhawan. Vergiß das nicht.

Yash Dhawan war zu einer Marke geworden. Einem Gütesiegel, das den Erfolg eines Films garantierte. Der auf zahllosen Plakaten für Uhren, Kleidung, Parfüm warb: *Yash Dhawan's choice.* Yash Dhawan's Lächeln.

Yash Dhawan's Unterschrift. Aber sein Name war es längst nicht mehr. Yash Dhawan gehörte allen, außer Yash Dhawan selbst, und deswegen war er froh, daß die Dreharbeiten hier abgeschlossen wurden: Am höchsten Berg des Erzgebirges, in einem gottvergessenen sächsischen Kaff mit nicht mal tausend Einwohnern. Nur noch eine Nacht würden sie in der Stadt verbringen, bevor sie am nächsten Morgen in aller Frühe vom Hotel abgeholt und in die Berge gebracht werden würden.

»Eh, Superstar!« Rahul schlug ihm von hinten so stark auf die Schulter, daß Yash die letzten Stufen beinahe heruntergefallen wäre: »Look at your fans!«

Der Regisseur lachte sein rauhes, keckerndes Lachen und deutete auf eine schmächtige Rentnerin mit Fotoapparat, die lächelte und mit einem roten Seidentuch winkte. Yash lächelte zurück und fragte sich, wieso er eigentlich keine Angestellten hatte, die ihn vor Rahul beschützten.

Als ein älterer Herr zwei Stufen vor ihm einen knorrigen Spazierstock zum Gruß hob und für das Foto kurz stehenblieb, gab es für Rahul kein Halten mehr: Er lachte so laut, daß sich Yash verschämt nach Namita umsah, seiner Filmpartnerin. Obwohl das ihre erste Rolle war, machte sie ihre Sache bisher erstaunlich gut. Yash fand sogar, daß sie großes Talent hatte, was man angesichts der Tatsache, daß sie nur ausgewählt worden war, weil sie die Nichte eines der Produzenten war, nicht unbedingt voraussetzen konnte.

Yash betrat zum ersten Mal ostdeutschen Boden und

war insgeheim froh, daß dieser Boden nur leicht verschneiter Asphalt und nicht roter Teppich war. Dieser Asphalt bedeutete für ihn Freiheit: die Freiheit, sich unerkannt unter Menschen bewegen und Dinge tun zu können, die normale Leute auch taten.

Er hatte immer geglaubt, daß es das Höchste sei, sein Geld damit zu verdienen, Menschen glücklich zu machen, ihnen zumindest für drei, vier Stunden im Kino die Illusion einer Liebe zu geben, die ewig ist, die Grenzen überwindet und es wert ist, dafür zu sterben. Er ließ die Menschen lachen, weinen, er ließ sie im Kino singen und tanzen. Einige warfen sogar Münzen gegen die Leinwand, brachten Blumen und Räucherstäbchen als Opfer dar; jeder neue Film mit ihm in der Hauptrolle war wie ein Nationalfeiertag, nicht mal Politiker hatten soviel Einfluß auf ihr Volk wie er: Yash Dhawan wurde verehrt wie ein Gott, er wurde beschützt wie ein Gott, und er hatte die Macht eines Gottes. Da war es an manchen Tagen schon verdammt schwer, sich nicht wie ein Gott zu fühlen.

Oft aber kam er sich wie eingesperrt vor; er wurde in Schach gehalten von der Mafia, vom Leben ferngehalten von seinen Leibwächtern und von sich selbst getrennt durch eine Figur, die nur seinen Namen trug und alle mit ihm verwechselten.

Doch wer war dieser Yash Dhawan? Am liebsten hätte er seinen Leibwächtern schon lange einen Schein in die Hand gedrückt und ihnen gesagt, sie sollten sich amüsieren. Damit er endlich herausfinden konnte, wieviel von ihm noch übrig, wieviel an ihm noch echt war.

Aber Rahul hatte darauf bestanden, daß sie mitkamen, aus Gründen, die Yash nicht wirklich verstanden hatte. Aber so war sein Regisseur eben: Wenn er sich was in den Kopf gesetzt hatte, mußte es so gemacht werden. Genau so.

Yash folgte den bulligen Anzugträgern, die ihn beschützen sollten, in das Flughafengebäude, hörte Rahul hinter sich mit dem Kameramann lachen und schämte sich ein bißchen, daß er sich wunderte, wie *modern* hier alles aussah. Zwar wußte er, daß sich seit seinem letzten Aufenthalt einiges geändert hatte, aber in seiner Vorstellung vom Osten kamen trotzdem keine Werbeplakate vor, die fast so groß waren wie die für seine Filme.

Westliche Einflüsse, dachte er und mußte lächeln, weil es darum auch in »Geh, erobere mein Herz« ging, dem Film, dessen Schlüsselsequenz hier gedreht werden sollte: um ein kleines indisches Dorf, das ums Überleben kämpfen und sich gegen die Dämonen der westlichen Welt behaupten muß. Das alles gespiegelt in einer Liebesgeschichte, die natürlich auch diesmal im Vordergrund stand.

Yash wartete, bis sich die Bodyguards mit verschränkten Armen am Gepäckband postiert hatten und sich eine Reihe aus Assistenten und Beleuchtern, die auf ihre Ausrüstung warteten, zwischen sie geschoben hatte. Verstohlen sah er sich um. Dann huschte er durch die Menge, verschwand in einer Toilette und schloß die Tür hinter sich.

Yash atmete durch. Er sah in den Spiegel, und das

Gesicht, das ihn von dort anblickte, hatte nichts zu tun mit dem, das die halbe Welt von den Plakaten kannte. So sah kein Superstar aus. So sah jemand aus, der gern eine Tür hinter sich zumachte, um eine Weile allein zu sein.

Yash rückte mit den Schultern sein Sakko zurecht und überprüfte den Sitz seiner Frisur. Er rechnete auch jetzt noch damit, daß plötzlich ein Mikrofon oder ein Fotoapparat vor ihm auftauchen könnten. Doch das einzige, das er sah, nachdem er kurze Zeit später den Zoll passiert hatte, waren Rahuls Assistent und Rahul selbst, der am Boden in der Ankunftshalle hockte und übermütig winkte.

»Eh, Superstar!«

Neben ihm auf dem Boden türmte sich ein Berg Jacken, der höher war als der hockende Regisseur.

Yash trat näher und traute seinen Augen nicht: Das waren Daunenjacken. Mehr als ein Dutzend. Rahul hielt ihm eine davon an: »Perfect!« sagte er, und Yash begriff, daß er die gerade alle hatte kaufen lassen. Er sank auf den Stapel und hängte sich die Jacke um die Schultern.

»How do you feel?« fragte Rahul.

»Free«, sagte Yash und hörte die Jacke an seinem Ohr knistern wie eine Verheißung.

3. Druckverhältnisse

Franz Luckhalter öffnete die Tür seines kleinen Tourismusbüros, legte seine Hand an den Rahmen und sah nach draußen. Zum vierten Mal an diesem Tag.

Der Himmel über dem Marktplatz war blau; auf dem Kopfsteinpflaster schmolz der letzte Schnee, der Wetterbericht hatte auch für die kommenden Tage Sonnenschein vorausgesagt. Aber Franz traute dem Wetterbericht nicht. Und er traute dem Wetter nicht.

Mit dem Rücken seines Zeigefingers klopfte er gegen das Barometer, das er direkt neben den Schneelandschaften-Kalender gehängt hatte: Der Zeiger ruckte weiter in Richtung »schön«, Franz drehte die Nadel darüber auf Deckung, strich sich die Haare zurecht und ging zurück an seinen Informationstresen. Die Tür ließ er offen; ein wenig frische Luft würde ihm guttun.

Wenn bloß Lutz endlich käme.

Franz sank in seinen Ledersessel und entnahm der Schublade ein paar von den Visitenkarten, die heute aus der Druckerei gekommen waren. Über seinem Namen war das goldene Logo von *SillbergTravel* geprägt: zwei Hände, die sich in der Mitte zum Handschlag trafen und die Partnerschaft zwischen westlicher und östlicher Kultur symbolisieren sollten, eine Idee von ihm.

Unter seinem Namen stand *General Manager* in

anthrazit, Franz fuhr mit den Fingerkuppen über den Prägedruck und überlegte, woran ihn die Visitenkarte erinnerte. Die goldene Farbe war sündhaft teuer gewesen, ebenso die Beschriftung des Kastenwagens, den sein Praktikant gerade waschen ließ.

Wenn nur das Wetter mitspielt, dachte Franz und rückte die Displays auf dem Tresen zurecht. Die letzte Kundin war vor einer halben Stunde gegangen und hatte alles in Unordnung gebracht. Selbst die Postkarte vom *Dorfkrug*, die er nur Joschi zuliebe auslegte und die sonst nie jemand mitnahm, hatte sie eingesteckt, und als in ihrer Handtasche kein Platz mehr für Infozettel und Prospekte gewesen war, hatte sie ihn um eine Tüte gebeten.

Franz war froh, daß er sich um solche Kunden bald nicht mehr kümmern mußte. Daß er bald nur noch mit internationalen Entscheidern zu tun hätte, wichtigen Leuten, die säckeweise Geld ins Dorf brächten. Er war dreiundvierzig Jahre alt. Da war es keineswegs zu spät für einen Neuanfang.

Wenn morgen alles glatt ging und die nächste Woche ohne Zwischenfälle verlief, mußte sich bald jemand anderes um die Touristeninformation kümmern. Charlotte vielleicht. Das Büro würde dann in der Familie bleiben, und er könnte sich ganz auf seinen neuen Job als Standortmanager konzentrieren. Ja. Charlotte wäre die ideale Besetzung. In ein paar Monaten wäre sie mit der Schule fertig und dann bestimmt froh, ihr eigenes Geld zu verdienen.

Franz sah auf die Uhr. Unpünktlichkeit, dachte er,

ist ein Zeichen mangelnden Respekts, und er sehnte den Tag herbei, an dem er Leute wie Lutz Haas nicht mehr nötig hätte.

Franz brachte alle vier Kanten seiner Visitenkarten auf Deckung und legte den Stapel in die Schublade. Dann drehte er sich zum Vorratsschrank, entnahm ihm eine Packung Radiergummis, eine Handvoll eingeschweißter Post-It-Blöcke und einige Rollen Tesafilm, die er so hinter den Visitenkartenstapel klemmte, daß er beim Öffnen und Schließen der Schublade weder einstürzen noch verrutschen konnte.

Er drehte den Schlüssel, zog ihn ab und steckte ihn in die Tasche. Vollkommen unnötig, dachte Franz. Daß ich die Schublade auch noch abschließe. Aber er hatte so ein besseres Gefühl. *SillbergTravel* war seine Trumpfkarte, und vor allem Lutz Haas durfte keinen Wind davon kriegen: Je länger er es schaffte, die neue Firma geheimzuhalten, desto besser.

Franz tastete gerade zum dritten Mal nach dem Schlüssel in seiner Hosentasche, als das Telefon klingelte. Er befühlte seine Krawatte, und bevor er abnahm, wußte er, woran ihn die Visitenkarte erinnert hatte: an ein Grabmal. Sein Name unter den goldenen Händen, die geprägten Worte und die kleine Unterzeile sahen aus wie die Inschrift auf einem Grabstein.

Franz warf noch einen Blick aufs Barometer. Rollte mit seinem Sessel ganz nah an den Tresen und strich seine Krawatte unter die Tischkante. Dann hob er den Hörer ab.

4. B-Day

Als ich auf der gegenüberliegenden Seite des Marktplatzes Heiko Hagemeister entdecke, drücke ich mir die Stöpsel automatisch tiefer in die Ohren und drehe die Lautstärke auf. Hagemeister und seine Jungs sitzen wie immer auf ihren Mofas vorm *Venezia*. Das *Venezia* liegt genau zwischen dem Touristenbüro, in dem mein Vater arbeitet, und Vus Kramladen. Das *Venezia* ist Eisdiele und Pizzeria zugleich, genau wie Vus Kramladen irgendwie alles zugleich ist: Kiosk, Bäckerei, Supermarkt und Gemüsestand. Wenn das Wetter so schön ist wie in den letzten Tagen, steht er meistens draußen beim Obst. Er ist immer da mit seinem Lächeln, egal was passiert, und manchmal frage ich mich, was aus den Leuten hier würde, wenn Vu nicht mehr da wäre. Vu kommt aus Vietnam und sagt fast nie was, aber trotzdem ist er vielleicht wichtiger für uns als der Bürgermeister oder der Pfarrer oder irgendwer sonst.

Hagemeister und seine Jungs glotzen mich schon die ganze Zeit an, doch ich konzentriere mich auf die Musik, auf Vus Lächeln und hoffe, daß Hagemeister nichts sagt. Meistens sagt Hagemeister was. Aber ich hab Stöpsel in den Ohren und muß nicht reagieren, wenn er's tut. Ich höre *Children of the Revolution* in der alten T.Rex-Version, was Hagemeister vermutlich peinlich fände oder gar nicht kennt. Alle fänden das peinlich. Nur John-Boy nicht, der fände das toll. John-Boy findet alles toll, das irgendwie *retro* ist. Der mixt mir auch ständig Kassetten (MCs!) mit seinen Lieblingsliedern zusammen.

Als ich kaum zwanzig Schritte von Hagemeister entfernt bin, sehe ich, daß mein Vater nicht allein ist. Lutz Haas sitzt bei ihm, und das bedeutet, daß mein Vater an diesem Nachmittag leider ohne meine Hilfe auskommen muß. Von Heiko Hagemeister und Lutz Haas gleichzeitig in die Zange genommen zu werden, ist einfach zu viel.

Ich überlege, wie ich jetzt noch einigermaßen elegant die Richtung ändern kann, ohne daß Hagemeister denkt, ich liefe vor ihm weg. Vor allem überlege ich, *wohin* ich gehen könnte. Vielleicht in den *Dorfkrug*.

Der *Dorfkrug* ist exakt das, was man sich unter dem Namen vorstellt. Nur schlimmer. Aber zufällig kocht meine Mutter dort jeden Tag *regionale Spezialitäten*.

Ohne Übertreibung: Meine Mutter ist die beste Köchin der Welt. Aber seitdem feststeht, daß die Inder wirklich kommen, versucht sie, was niemand je versuchen sollte, nämlich etwas anderes zu tun als das, was man kann oder eigentlich will: Ihre Absicht, ein perfektes indisches Essen mit originalen Zutaten zu kochen, stürzt sie seit einigen Tagen in tiefe Verzweiflung. Ich überlege also, zu ihr zu gehen, um ihr ein wenig seelischen Beistand oder tatkräftige Hilfe anzubieten – auch in Ermangelung an Alternativen.

Um nur einen groben Überblick zu geben: In unserem Dorf gibt es – außer dem Tourismusbüro, in dem mein Vater arbeitet, Vus kleinem Laden und dem Restaurant, in dem meine Mutter *regionale Spezialitäten* kocht:

1.) eine Kirche mit einem Pfarrer, der vor zehn Jahren extra in eine kleine ostdeutsche Gemeinde gekommen ist, weil er meinte, »da noch was bewirken« zu können,

2.) ein Hotel (mit zwölf Zimmern),

3.) siebenunddreißig Einfamilienhäuser, in denen meine Feinde wohnen,

4.) eine Grundschule (mit nur einem Spruch auf den Mädchenklos, nämlich *Puhdys forever*),

5.) einen Metzger, der mir noch immer zusammengerollte Wurstscheiben über die Theke reicht, weil meine Entwicklung in seinem Bewußtsein vermutlich kurz vor dem neunten Lebensjahr stehengeblieben ist,

6.) eine Apotheke, die Kondome an Jugendliche meines Alters nur unter vorheriger Konsultation der Eltern rausgibt,

7.) einen Andenkenladen, der ausschließlich Postkarten und Räuchermännchen verkauft und fast immer geschlossen hat,

8.) saisonale Invasionen von Touristengrüppchen, die die berufliche Existenz meines Vaters sichern, die Einwohnerzahl unseres Ortes vervielfachen und mir einen mäßig bezahlten Ferienjob in dem Hotel mit zwölf Zimmern garantieren,

9.) einen Bus, der mich täglich meinem Abitur und damit *dem Leben danach* näher bringt, ferner einen Schützenverein und alles andere, das sonst noch zur Basisausstattung eines gewöhnlichen Dorfes gehört. Nicht weiter erwähnenswert eigentlich, hätten wir nicht ab morgen *das Flair der großen weiten Welt* zu Gast.

Das Flair der großen weiten Welt ist ein Spruch von meinem Vater. Darauf ist er mächtig stolz. Fast so stolz wie auf die Tatsache, daß er sich vor drei Wochen das Rauchen abgewöhnt hat. Für einen *Global Player* von Format schickt es sich nicht, charakterliche Defizite aufzuweisen, hat er beim Abendessen gesagt, in seiner pseudo-ironischen Art, der man immer anmerkt, daß er es im Grunde todernst meint. Daß er sich jetzt *wirklich* für einen Global Player hält und ihn die Sache mit den Indern irgendwie zum Heiligen macht, zum Retter der Dorfbevölkerung, Blankoscheck vom Bürgermeister inklusive.

An jenem denkwürdigen Tag vor drei Wochen sitzen mein Vater und ich wie immer im *Dorfkrug*. Er lehnt sich gerade zurück, greift in seine Hemdtasche und wühlt seinen Zeigefinger durch das ausgerissene Loch in der Weichpackung, als er plötzlich so einen stieren Blick kriegt.

Was los ist, frage ich, und da guckt er mich an und drückt die Packung in seiner Hand ganz langsam zusammen, wie auf diesen Plakaten gegen das Rauchen. »Damit ist jetzt Schluß«, sagt er.

Ich sehe ihn weiter an und merke, wie sehr er diesen Moment genießt. Er lehnt sich wieder zurück und sammelt sich. Überlegt, wie er die Neuigkeit möglichst effektvoll inszenieren kann, während ihm der Wirt hochprozentigen Alkohol neben sein halbvolles Bierglas stellt.

»Alles in Ordnung, Franz?« fragt der Wirt und meint damit meinen Vater. Mein Vater heißt Franz. Wie der Wirt heißt, weiß ich nicht. In unserem Dorf nennen ihn alle nur Joschi.

»Ich habe einen Entschluß gefaßt«, sagt mein Vater und lächelt geheimnisvoll. »Ich habe mir gedacht, wenn hier alle langsam umdenken und meinetwegen auf alte Gewohnheiten verzichten müssen«, er trinkt seinen Schnaps aus, »will ich auch mit gutem Beispiel vorangehen.«

Fang bloß wieder an zu rauchen, sagt meine Mutter und spricht damit aus, was alle denken. Mein Vater ist seit drei Wochen unausstehlich, was zweifellos auch mit der bevorstehenden Ankunft unserer indischen Freunde zu tun hat, vor allem aber mit seiner mangelnden Belastbarkeit, die er vorher, als er noch zwei Pakkungen am Tag geraucht hat, einigermaßen in Schach halten konnte. Doch je näher B-Day rückt (so nenne ich den Tag, an dem Bollywood die Invasion unseres Dorfes beginnt), desto leichter ist es, ihn aus der Fassung zu bringen.

Bollywood ist die größte Filmindustrie der Welt, wiederholt mein Vater gerne: mit einem Ausstoß von bis zu tausend Produktionen im Jahr. Die Leute da sind völlig verrückt nach diesen Streifen, sagt er, und weil es in Indien so eng und stickig ist, sehnen sich die Menschen nach Weite und Ruhe und Einsamkeit. Deswegen finden viele Liebesszenen in den Bergen statt, und seitdem die Kaschmir-Region Krisengebiet sei, drehe Bollywood seine Tänze eben in der Schweiz. Mittlerweile hätten sich die Leute jedoch satt gesehen an den ewig gleichen Panoramen, die Landschaften seien »ausgereizt«, sagt er, und sowohl die indischen Touristen als auch die Filmteams fühlten sich dort nicht so wohl wie erhofft. Es sei ihnen zu kalt in den Alpen, außerdem gäbe es kaum Anstrengungen seitens der Tourismusindustrie, sich auf die Vorlieben und Wünsche ihrer indischen Gäste einzustellen. Das alles, beschwört mein Vater, werde *er* anders machen. »Über Mittelsmänner« hat er Bollywood vor einigen Monaten »ein Angebot gemacht, das die nicht ablehnen konnten«, und seitdem begreift er sich als Botschafter der fremden Kultur, die hier ab morgen Einzug hält – obwohl er eigentlich keine Ahnung davon hat und sein Wissen vor allem auf die Lektüre einiger Artikel im Internet und eines alten Merian-Heftes zurückgeht, in dem steht, daß Indien ein Land voller Widersprüche ist und man nicht mal *versuchen* soll, die Sitten dort zu verstehen, da westliche Anschauungen überhaupt nicht greifen.

Die Bevölkerung von Sillberg läßt sich jetzt grob in drei Lager einteilen: die Nörgler, die Geier und die Ethnos. Marlen zum Beispiel zählt für mich eindeutig zu den Ethnos, also zu denen, die sich darauf freuen, daß hier endlich mal was passiert, weil morgen ein *Filmteam* herkommt. Zwar konzentriert sich ihre Vorfreude ausschließlich auf Yash Dhawan und die Möglichkeiten, sich an ihn ranzuschmeißen, aber ihr geht es wenigstens nicht ums Geld wie dem Bürgermeister und allen anderen, die sich von den Dreharbeiten das große Geschäft versprechen, auf das man hier schon immer vergeblich gewartet hat.

Worum es meinem Vater eigentlich geht, weiß ich bis heute nicht, aber es muß mehr sein als nur Geld, weil er sich total reinhängt. Inderwahnsinn hat John-Boy das mal genannt und sich sofort dafür geschämt, aber im Grunde hat er recht: Für meinen Vater scheint wer weiß was davon abzuhängen, daß alles glattläuft. Dabei soll lediglich eine einzige Tanzszene gedreht werden. Es werden höchstens fünfzehn Leute kommen, und das Team bleibt nicht länger als fünf Tage. Doch diese fünfzehn Leute sind nur die Vorhut, »der Türöffner«, sagt mein Vater, und ich vermute, er meint damit das Tor zu Ruhm, Reichtum und nicht enden wollenden Touristenströmen.

Wenn du deiner Tochter, dem Haushalt oder mir je so viel Aufmerksamkeit gewidmet hättest wie diesen wildfremden Menschen, sagt meine Mutter und führt den Satz nie zu Ende, weil jeder weiß, wie er weitergeht, und weil es auch nichts ändern würde. Es ist, als hätte mein Vater endlich etwas gefunden, an das er glauben kann, aber ich hab irgendwie das Gefühl, daß er sich da in was verrennt.

Ich für meinen Teil passiere jetzt endlich die Hagemeister-Jungs, und obwohl ich ihre Blicke noch eine ganze Weile im Rücken spüre, bin ich mir sicher, das Schlimmste für heute hinter mich gebracht zu haben.

5. Autogramm

Daß die Luft hier anders war, besser sogar als in seinem Garten am Malabar Hill, war ihm schon am Flughafen aufgefallen, aber jetzt konnte Yash gar nicht mehr aufhören zu laufen: Vom Hotel aus durch die Innenstadt, die Fußgängerzone runter, bis seine Bodyguards mit den Nerven am Ende waren, aber schließlich hatten auch sie bemerkt, daß sein Gesicht hier keine vier Stockwerke hoch von den Häusern lachte; Yash lief ungehindert durch Massen von Leuten, die ihn nicht kannten, während seine Beschützer mit glänzender Stirn und durchgeschwitzten Hemden Schritt zu halten versuchten. Er fragte sich, ob sie sich nicht blöd vorkamen mit ihren schwarzen Anzügen, den Sonnenbrillen und den kleinen Spiralkabeln, die auffällig diskret aus ihren weißen Hemdkrägen bis hinter die Ohren liefen.

Um ihnen eine Pause zu gönnen, war er in diesen Park eingebogen, eine Art botanischer Garten, wo es überall nach Blumen roch und Familienväter ihren Kindern Kakteen erklärten oder den Riesenschildkröten im Tropenhaus auf den Panzer schnippten, damit sie sich endlich mal bewegten.

Ein höchstens zehn Jahre altes Mädchen starrte ihn von einer Bank aus an, stupste gegen ihre Mutter und zeigte aufgeregt mit dem Finger. Yash lächelte. Daß der erste Fan, der ihn hier erkannte, ein kleines Mädchen sein würde, hatte er nicht erwartet. Er tastete in der Innentasche seines Sakkos nach den Autogrammkarten, zog eine hervor und ging, flankiert von seinen Leibwächtern, auf die Kleine zu.

»Mami, was ist mit dem Mann?«

Yash sah, wie die Mutter beschützend einen Arm um sie legte und sich zu ihr beugte. Als er sie fast erreicht hatte und die Mutter bemerkte, daß er direkt auf sie zusteuerte, wich sie erschrocken zurück.

»Der hat was Böses gemacht«, hörte er die Mutter flüstern. »Aber die Männer haben ihn geschnappt und passen jetzt auf ihn auf.«

Yash zerdrückte die Autogrammkarte in seiner Hand und lief an ihnen vorbei.

»Und jetzt?« hörte er das Mädchen hinter sich flüstern: »Sperren sie ihn ein?«

6. Der Weg nach oben

Vor genau neunzehn Stunden und einundzwanzig Tagen hatte Franz Luckhalter aufgehört zu rauchen. Jetzt wußte er mindestens drei gute Gründe, wieder damit anzufangen.

Der erste waren die festlichen Willkommens-Transparente: Noch immer hatten es seine Praktikanten nicht geschafft, nur ein einziges davon anzubringen, und es blieben maximal vier Stunden bis Sonnenuntergang.

Der zweite war seine Frau, die er bereits vor Wochen mit dem Catering betraut hatte und die auch nach dem x-ten Testlauf kein indisches Essen hinbekommen hatte, mit dem sie annähernd zufrieden war.

Der dritte Grund hieß Lutz Haas und saß ihm direkt gegenüber.

Lutz Haas schrieb für den Lokalteil der *Volksstimme*, einer Zeitung, die ihren Namen mit der Wende besser hätte ändern sollen. Seit Tagen schon wich Lutz ihm kaum von der Seite, und allmählich war er genervt von dem Übereifer, der hellwachen Neugierde dieses ständig an seiner Krawatte rumfummelnden Wichtigtuers. Mit seiner roten Brille sah er aus wie ein Trendforscher oder Filmemacher; er trug eine gelbe Krawatte mit grünen Punkten, von der er sicher glaubte, daß sie ihm im Zusammenspiel mit dem taubenblauen Anzug einen besonderen *Pfiff* verlieh und die jetzt wie ein absurdes Lesezeichen in seinem aufgeschlagenen *Time System* lag – nicht die Standardversion, die Franz selbst hatte, und auch nicht die in Schweinsleder gebundene Chefversion, die der Bürgermeister benutzte, sondern dieses abwaschbare Modell »dynamischer Besserwisser«, das aussah wie mit einem Taucheranzug bezogen.

Lutz schrieb noch immer an dem Satz, den Franz ihm zuletzt diktiert hatte; er fragte sich, was der da eigentlich so lange notierte, ob Lutz überhaupt aufschrieb, was Franz zu Protokoll gab, oder ob er vielleicht Beobachtungen festhielt, die überhaupt nichts mit der Sache zu tun hatten. Er rückte etwas dichter an den Tisch und legte den Kopf schief, aber es gelang ihm nicht, aus dem ameisengroßen Bleistiftgekritzel, das auch noch zur Hälfte von Lutz' Krawatte verdeckt wurde, auch nur ein einziges Wort herauszulesen.

Natürlich war Lutz wichtig für ihn. Am Anfang war Franz sogar dankbar gewesen, daß er sich so ausführlich mit ihm und seinen Vorbereitungen befaßte. Wenn jeden Tag der aktuelle Stand seines Triumphzuges in der Zeitung zu lesen wäre, mußte er nicht mit seiner Arbeit hausieren gehen, sich die gebührende Wertschätzung vor allem vom Bürgermeister und von seiner Frau erkämpfen. Aber mittlerweile war ihm klar, warum Lutz so an ihm klebte: Franz war dessen einzige Informationsquelle, das stets zugängliche Nadelöhr zu der fremden Welt, die hier ab morgen Einzug hielt.

»Yash mit Jot oder mit Ypsilon?«

Über den Informationstresen hinweg fixierte Franz Lutz' Socken, auf denen eine gezeichnete Maus mit großen Ohren ihm schöne Augen machte.

»Mit Ypsilon.«

Franz hatte ihn absichtlich auf der Kundenseite Platz nehmen lassen, also da, wo sonst die Leute saßen, die Auskunft wollten oder kostenlose Wanderkarten. Lutz' Stuhl, eine einfache Stahlrohrkonstruktion mit orangefarbener Sitzschale, verursachte schon nach wenigen Minuten Durchblutungsstörungen; Franz hatte das Modell extra ausgesucht, weil es Kunden gab, die gar nicht mehr gehen wollten. Besonders die älteren zückten oft nach wenigen Minuten Bilder ihrer Enkel, obwohl Franz sich für das Gegenteil eines guten Zuhörers hielt.

»Wenn ich das also richtig verstehe, ist das so wie... wenn beispielsweise Tom Cruise morgen hier ankäme?«

Franz drehte sich in seinem frei verstellbaren Chefsessel aus handschuhweichem Leder hin und her und dachte über Lutz' Socken nach. Einem übereifrigen Volontär, der Socken mit gezeichneten Mäusen trägt, dachte er, ist definitiv alles zuzutrauen. »So in etwa«, sagte Franz, obwohl er nicht die geringste Ahnung hatte, wer Tom Cruise war.

Lutz jedoch schien mit der Antwort zufrieden: Sein Bleistift flitzte immer schneller über das Papier und ließ seine Krawatte aufgeregt zucken.

»Ooo-kay«, murmelte er ohne aufzusehen, und Franz hätte gern gewußt, was es an dieser einfachen Antwort wieder so lange zu notieren gab. Er zog den Hebel für die Hydraulikfeder, ließ die Sitzfläche ganz nach oben fahren und starrte auf Lutz' Zungenspitze, die sich zwischen den dünnen Lippen langsam wie eine Tachonadel von links nach rechts bewegte.

»Lutz.« Franz hob die Hände und ließ sie dann wie ein endgültiges Urteil auf die Armlehnen fallen. »Wenn du mich jetzt bitte entschuldigst. Ich hab noch zu tun.«

Lutz sah ihn an. Er nahm die Brille ab, zog das Hemd an einer Seite aus der Hose und putzte mit dem

Zipfel die Gläser. Franz war erschrocken darüber, wie schutzlos Lutz' Gesicht ohne diese Brille wirkte.

»Selbstverständlich.« Lutz rieb seine Nasenwurzel zwischen Daumen und Zeigefinger, setzte die Brille wieder auf und stopfte das Hemd zurück in die Hose. »Es ist wohl nicht möglich, daß ich dich begleite? Versteh mich bitte nicht falsch, aber je mehr ich von den Vorbereitungen mitbekomme, desto genauer wird meine Berichterstattung.«

»Tja, eigentlich ...« Franz stand auf. »Da passiert heute nichts mehr. Nur noch Kleinkram, vollkommen uninteressant.«

Lutz nickte. Wie ein Kind, dem man gerade gesagt hat, daß es nicht mehr mitspielen darf, dachte Franz und spürte eine Mischung aus Mitleid und Wut in ihm hochsteigen. Er starrte noch einmal auf Lutz' Socken und merkte, daß er eine Zigarette brauchte.

Die ersten Tage waren leicht gewesen. Viel leichter, als er gedacht hatte, weil er da noch auf der Woge allgemeiner Bewunderung reiten konnte: Von vierzig auf null, so mir nichts, dir nichts, Respekt, Franz, hätte ich dir gar nicht zugetraut.

Er sich auch nicht. Aber dann waren die Tage gekommen, in denen er bereits als Nichtraucher gegolten und sich irgendwie fallengelassen gefühlt hatte: Er dachte ständig daran, das letzte Päckchen aufzureißen, das noch unter Papieren versteckt in einer Schublade lag. Er dachte daran, sich auf dem Klo eine anzuzünden, nur eine, das würde niemand merken: bloß um sich zu beweisen, daß er es nicht mehr brauchte.

Franz nahm seine Jacke vom Stuhl, schnappte sich die Ledertasche und löschte hinten das Licht, aber Lutz machte noch immer keine Anstalten zu gehen.

»Tut mir leid.« Franz hängte sich sein Jackett über den Arm, ging um den Tresen herum zum Ausgang und drückte die Tür auf: »Ich kann heute nichts mehr für dich tun.«

Lutz schob mit dem Zeigefinger seine Brille hoch und klemmte sich sein *Time System* unter den Arm. Ohne ein Wort des Abschieds marschierte er an Franz vorbei nach draußen.

Franz sah ihm nach. Wenn der Luftdruck fällt, dachte er, zünde ich mir eine an. Er klopfte gegen die Glasscheibe. Der Zeiger ruckte noch ein Stück nach rechts; er korrigierte die silberne Nadel darüber auf Deckung und trat nach draußen. Lutz hatte den Marktplatz bereits zur Hälfte überquert. Von hinten, dachte Franz, sieht er noch immer aus wie ein kleiner Junge. Ein Junge, dem man Erwachsenensachen angezogen hat. Er hätte gern gewußt, was ihn daran so traurig machte.

7. Die Ausbreitung von Flammen

»Das darf doch nicht wahr sein!«

Margit knallte den Löffel zurück auf die Arbeitsplatte und starrte auf das blubbernde Etwas vor sich in der Pfanne. Da konnten Franz und Joschi noch hundertmal wiederholen, daß sie sich bloß anstelle, daß das Essen umwerfend sei. Die beiden hatten einfach keine Ahnung. Wenn man sie fragte, würde nicht mal *Die Eintracht* von ihren bisherigen Versuchen probieren können, ohne daß ihm schlecht würde.

Die Eintracht war der Hund von Bauer Pollke, ein kruder Mix aus Labrador und Retriever, bekannt dafür, daß er alles fraß, was nicht bei drei auf dem Baum war. Seinen Namen hatte er von dem hiesigen Fußballverein, dessen Zeugwart Bernd Pollke fünf Jahre lang gewesen war, bis er es im Kreuz gekriegt hatte und ein bißchen kürzer treten mußte. Im selben Jahr war seine Frau gestorben, umgekippt beim Kartoffelnschälen, einfach so. Seitdem litt Bernd an Wahnzuständen. Es konnte kein Dachziegel auf die Straße fallen, ohne daß er sich einbildete, die Götter hätten es auf ihn abgesehen. Lag eine Bananenschale auf dem Gehweg, war er fest davon überzeugt, daß man ihn zu Fall bringen wollte, eine pure Boshaftigkeit, ausgeheckt vom Bürgermeister, der ihn aus dem Dorf haben wollte. Selbst beim freitäglichen Skatspielen im *Dorfkrug* hatte er sich zunehmend als Opfer einer Verschwörung gesehen; er hatte sich immer weiter zurückgezogen und schließlich gar nicht mehr blicken lassen. Weder im *Dorfkrug* noch an den anderen Orten, an denen man ihn sonst getroffen hatte. Seinen Schnaps kaufte er nur noch zweimal pro Woche, und im Grunde wußte niemand, was er den ganzen Tag eigentlich tat, außer Kühe hüten und saufen natürlich.

Margit war dieser Bernd immer unheimlich gewesen. Wenn sie ihn mit seinem Hund auf der Straße sah, machte sie einen großen Bogen und tat, als schaue sie woanders hin.

»Was ist los?« Die Schwingtüren zur Küche flogen auf. Joschis verschwitztes Gesicht erschien im Türausschnitt.

»Dreimal darfst du raten.« Margit nahm den Stiel der gußeisernen Pfanne in beide Hände, hob sie vom Gas und führte sie langsam unter seiner Nase vorbei: »Das ist los.«

Sie ließ den Deckel vom Mülleimer aufschnappen und knallte den Inhalt in die eingehängte Plastiktüte.

»Der Kompost ist im Hof«, sagte Joschi. »Und das nächste Mal fragst du mich, bevor du das wegkippst. Wir haben Gäste, die in ihrem Leben noch nicht so was Gutes gegessen haben.«

Margit rümpfte die Nase. Sie kratzte den dampfenden, cremefarbenen Brei, der ihrer Meinung nach wie eine Mischung aus Salmiak und vergammelten Küchenschwämmen roch, mit dem Pfannenschieber heraus:

»Wenn die frischen Gewürze bis morgen nicht hier sind, weiß ich jedenfalls nicht, was ich tun soll.«

Joschi trat an den Herd und drehte das Gas ab. »Warum nimmst du denn nicht eine von diesen Fertigpasten?«

Margit starrte ihn entgeistert an. Das hatte er bestimmt nicht ernst gemeint?

»Na ja, morgen muß hier jedenfalls indisch auf die Teller«, sagte er. »Egal wie. Befehl vom Chef.« Er richtete die Augen mit gespielter Ehrfurcht zum Himmel, und Margit begriff, daß er mit »Chef« ihren Mann meinte.

Sie wußte selbst, daß sich Franz in den letzten Wochen nicht gerade beliebt gemacht hatte. Trotzdem verletzte es sie, wenn man abfällig über ihn sprach. Schließlich waren diese Inder auch eine Chance, da hatte Franz schon recht.

Margit ließ den Deckel vom Mülleimer wieder zuklappen und stellte die Pfanne in die Spülmaschine. Vielleicht würde sie es noch mal bei Vu versuchen. Möglich, daß die Gewürze schon gekommen waren; für sie hatte er sich bestimmt besonders ins Zeug gelegt.

Wenn sie an seinem Stand am Marktplatz vorbeiging, zwinkerte er ihr manchmal zu. Er machte ihr Komplimente, auf seine schüchterne, zurückhaltende Art, oder schenkte ihr einen besonders schönen Strauß Petersilie, den er ihr überreichte, als wären es Rosen. Nur einmal, als sie mit Franz vorbeigekommen war, hatte er in die andere Richtung gesehen.

Natürlich steckte nichts Ernstes dahinter. Aber die Begegnungen mit Vu, manchmal auch nur der Gedanke daran, durchzogen Margits Alltag wie kleine Goldfäden, die sich unbemerkt zu einem Muster verknüpft hatten, und je nachdem, wie das Licht fiel, erkannte sie in diesem flüchtigen und vollkommen nutzlosen Gewebe eine Schönheit, die alles überstieg, was sie bisher gesehen hatte.

»Was lachst du, ich mein's ernst!«

Hatte sie wirklich gelächelt? Margit wollte gerade zu einer Erklärung ansetzen, als Joschis Kopf hinter der Tür verschwand.

»Keine Sorge«, rief sie, »ich krieg das hin!«

»Da bin ich sicher«, hörte sie seine Stimme aus der Wirtschaft. »Und hier steht grad jemand, der das bestimmt auch glaubt!«

Margit wischte sich die Hände an der Schürze ab, löste die Schleife und warf sie auf die Arbeitsplatte, zu den Resten des Gemüses, das sie für ihren vierten Fehlversuch sorgsam kleingeschnitten hatte. Sie strich sich die Haare zurecht und ging in die Gaststube.

Franz hatte seinen Sonntagsanzug an. Die Haare lagen ordentlich zurückgekämmt am Kopf, er trug sogar eine Nelke im Revers und roch nach dem Rasierwasser, das er nur zu besonderen Anlässen benutzte: Die letzte Flasche hatte sie ihm zu Weihnachten geschenkt; jetzt war es Mitte April, und sie war noch immer halbvoll.

»Wie war's beim Bürgermeister?«

Ihr Mann faltete sein Sakko auf den Nachbarhocker. »Läuft alles.«

Joschi begann, ihm ungefragt ein Bier zu zapfen, und Franz ließ seinen Blick durch das Lokal schweifen, wohl um sich zu vergewissern, daß er wirklich niemanden übersehen hatte. Aber außer dem Hagemeister-Jungen, der mit zwei Freunden vor dem Geldspiel-Automaten hockte und gerade fünf Sonderspiele verdrückte, war es vollkommen leer.

Margit ging um die Theke herum und setzte sich neben ihren Mann. Sie gönnte ihm das Bier von Herzen. Sie wußte, was er in den letzten Wochen durchgemacht hatte. Welche Anspannung auf ihm lag. Aber sie wußte auch, daß es bei diesem einen Bier nicht bleiben würde: Er hatte alles in die Wege geleitet, konnte nichts mehr tun. Und Warten gehörte nicht unbedingt zu Franz' Stärken.

»Paß etwas auf bitte«, sagte sie deshalb und musterte Joschis Rücken, an dem ein vom Schweiß bereits transparent gewordenes Hemd klebte. »Du weißt, was für ein Tag morgen ist.«

»Zum Wohl!« Joschi stellte Franz das Bier vor die Nase und zwinkerte Margit zu. »Und? Meinst du, wir treiben irgendwo noch eine Stärkung für unseren Helden auf?«

Margit versuchte, ihrem Mann in die Augen zu sehen, während er trank, aber Franz wich ihrem Blick aus.

»Du hast doch gerade was Leckeres gezaubert, wenn ich richtig gerochen habe.« Joschi deutete mit dem Kopf in Richtung Küche, die rechte Hand schon wieder am Zapfhahn, aber Margit war nicht nach Scherzen zumute. Erst recht nicht nach der Sorte, die Joschi in letzter Zeit bevorzugte. Franz etwas zu essen zu bringen, hielt sie jedoch für eine gute Idee. Margit wandte sich am Tresen vorbei in die Küche. Eiweiß, dachte sie. Eiweiß und Salze.

Sie warf einen Blick in den Kühlschrank, schnappte sich eine Packung Eier, ein Glas Gewürzgurken und hielt ein brennendes Streichholz an den Herd. Mit einem leisen Fauchen entzündete sich ein Kranz aus blauen Flammen, und kurz fragte sie sich, in welche Richtung sich das Feuer ausgebreitet hatte, im Uhrzeigersinn, andersherum oder in beide Richtungen gleichzeitig; welchen Gesetzmäßigkeiten die Ausbreitung der Flammen folgte, ob es überhaupt ein Gesetz gab oder ob alles bloß Zufall war.

Margit starrte noch eine Weile in das fauchende Gasfeuer, dann zog sie die Pfanne mit den Bratkartoffeln darüber, die von heute mittag übrig waren. Sie schob sie in einer Hälfte zusammen, schnitt ein großes Stück Butter ab und sah zu, wie es auf dem heißen Eisen zerbrutzelte.

Am Rand der Pfanne schlug sie vier Eier auf, ließ die Dotter ineinander fließen und vermengte das Ganze mit den Bratkartoffeln. Sie würzte kräftig mit Salz und Pfeffer, wie Franz es gern hatte, legte Gurken dazu und trug den Teller in die Wirtschaft.

Joschi sog den Geruch der Kartoffeln ein. »Wenn du mich fragst«, er stibitzte ein Stückchen vom Rande, »soll jeder bei dem bleiben, was er am besten kann.« Er kaute mit geschlossenen Augen weiter. »Ich als Inder würde mir jedenfalls alle Finger lecken.«

»Du bist aber kein Inder.« Franz zog den Teller zu sich rüber. »Und jetzt Ende der Diskussion. Wir sind doch nicht im Kindergarten.«

»Nee«, sagte Joschi, »wir sind schon in der Vorschule. Und du bist unser Klassenlehrer.« Er lachte schallend über seinen eigenen Witz und hob das Glas: »Prost Franz! Laß es dir schmecken!«

Joschi trank sein Bier mit den ersten beiden Schlukken zur Hälfte aus, und Margit sah die nächsten Stunden wie im Zeitraffer vor sich: Als nächstes würde der Bürgermeister eintreffen. Dann wahrscheinlich der Pastor. In etwa zwei Stunden würde Charlotte zum Abendessen kommen, falls sie nicht verabredet war. Um zehn würde die Küche schließen, und wenn alles gutging, lag Margit um elf im Bett.

Irgendwann in der Nacht würde sie aufwachen, weil ihr Schlaf nie besonders tief war, wenn sie ihren Mann nicht neben sich wußte. Sie würde das Rauschen der Toilettenspülung abwarten, das Klacken des Lichtschalters. Sie würde spüren, wie das Bett erzitterte, wenn er sich neben sie legte, sein Ächzen hören, das Rascheln der Bettdecke. Und dann mußte sie hoffen, daß sie schneller eingeschlafen war, als er anfangen konnte zu schnarchen; ein Wettkampf, der sie erst recht wach machte, und am nächsten Morgen würde er dann wieder fragen, was sie bloß habe, das sei ja nicht auszuhalten mit ihr; ob es denn zu viel verlangt sei, in Zeiten wie diesen ein wenig Unterstützung ...

Margit sah auf die Uhr und ging in die Küche. Das Gas brannte noch immer. Sie fragte sich, ob sie wirklich noch zu Vu gehen sollte, trat an den Herd und sah in die Flammen, stellte sie größer, kleiner, beugte sich so dicht über das Feuer, daß sie die Hitze ins Gesicht steigen und ihre Haut prickeln spüren konnte.

8. Wo bist du hin, Joe di Maggio?

Gegen Viertel nach zehn mache ich mich auf den Heimweg. Ich habe gespeist und getrunken und mich zum wiederholten Mal von der besorgniserregenden Geistesverfassung zahlreicher Würdenträger unseres Dorfes überzeugen können. Da ich aber drei randvolle Gläser Batida-Kirsch getrunken habe, geht es mir trotzdem blendend: Ich schwebe etwas angesäuselt durch die Straßen, lasse mich umwehen von einem Wind, den meine Mutter »mildes Lüftchen« nennen würde, und will diesen Abend nicht jetzt schon im Bett enden lassen.

Mir ist nach einem Video. Inderfrei, versteht sich, weshalb ich auch Marlen nichts davon sage, sondern geradewegs zu John-Boy gehe, der sich vermutlich schon seit Stunden in Selbstmitleid suhlt, weil er mich nicht kriegt. Den Kopf in beide Hände gestützt, vor einem kleinen Altar mit Fotos von mir, erleuchtet lediglich vom fahlen Schein der Opferkerzen. Ein rührendes Bild.

Vor dem Eigenheim angekommen, das der Vater meines Verehrers vermutlich sein Lebenswerk nennt, greife ich auf den Boden und werfe ein Steinchen an sein Fenster.

»Hau ab, Charlie, laß mich schlafen!«

Ich nehme noch einen Kiesel, einen dickeren diesmal, lasse ihn mit einem häßlichen Geräusch gegen das leicht geöffnete Fenster knallen und warte darauf, daß Johannes Krieglers blöde Hackfresse endlich vor dem erleuchteten Deckenausschnitt erscheint.

Jo wollte früher immer *Kamikaze* genannt werden, so wie jeder dritte Punk auf diesem Planeten hieß, als es noch echte Punks gab, weil das kriegerisch klingt und gegen alles und natürlich auch gegen sich selbst, aber ich habe ihm schon damals gesagt, daß das peinlich ist, und ihn *John-Boy* getauft, weil er die Waltons liebt und keiner davon wissen darf. Mittlerweile nennt ihn jeder so. Bis auf seine Eltern natürlich und meine Eltern und noch ein paar andere, für die John-Boy nur die Quotenschande ist, also der, über den sie sich aufregen können.

Allmählich kommt Leben in die Krieglersche Wohnstatt. Zunächst in Form von Herrn Kriegler, der das Badezimmerfenster im Erdgeschoß aufreißt: »Hörst du schlecht, Lotte? Verschwinde, es ist mitten in der Nacht!«

Herr Kriegler trägt einen blauen Arbeitsoverall und fliest die Wand – mit Fliesen, die sich von den alten Fliesen nicht im geringsten unterscheiden.

»Es ist *halb elf*!« brülle ich zurück, und Herr Krieglers

Gesicht rötet sich bedenklich. Er droht damit, »bei Gelegenheit ein ernstes Wörtchen« mit meinen Erziehungsberechtigten zu wechseln – ein Verhalten, dessen Zeuge ich zuletzt auf dem Pausenhof der Grundschule geworden bin.

Ich will gerade den Fliesenleger Fliesenleger sein lassen, als mein alter Kumpel John-Boy doch noch seinen Oberkörper durch die Fensteröffnung steckt.

»Du siehst scheiße aus«, begrüße ich ihn wahrheitsgemäß. Unter seinem aktuell schwarzgelbgrün gefärbten Haar, das herabhängt wie die traurige Version einer Jamaica-Flagge, blickt mich ein Gesicht an, das sich farblich kaum vom Unterhemd trennt. Das Unterhemd ist weiß.

John-Boy signalisiert mir zu warten. Ich weiß schon, wo. Also verabschiede ich mich höflich durchs Badezimmerfenster vom Herrn des Hauses, ziehe los und singe eine Zeile aus *Mrs. Robinson,* die mir immer einfällt, wenn es mir gutgeht: *Where have you gone, Joe di Maggio, a nation turns its lonely eyes to you, wouwouwou.*

Ich weiß gar nicht mehr genau, auf welcher Mix-Kassette von John-Boy das Lied drauf ist, aber irgendwie begleitet es mich. Am Anfang hab ich mich noch gewundert, daß John-Boy gar keinen Punk hört, aber mittlerweile überraschen mich sogar die Goldberg-Variationen von Glenn Gould und so Zeug nicht mehr. Die Stelle mit Joe di Maggio ist wie das Gefühl, von dem ich mir vorstelle, daß ich es im Flugzeug hätte, wenn ich kurz vor der Landung auf alles runtergucken würde: Von oben sieht alles gesund aus und gar nicht kaputt wie im Fernsehen. Das Land besteht nur aus Wiesen, Bäumen und Äckern, und die Städte werden von Wäldern verschlungen, nicht umgekehrt. Das Allerverrückteste aber ist, daß mich dieses Flugzeuggefühl richtig kickt, obwohl ich es besser wissen sollte, weil ich, selbst wenn Sillberg im Grunde genommen das Gegenteil einer Idylle ist, spüre, daß jede Idylle eine Lüge sein muß, daß das da unten eine Lüge sein muß – und es kickt mich trotzdem, einfach als Bild, versteht das jemand?

Außerdem habe ich nicht die geringste Ahnung, wer Joe di Maggio eigentlich ist.

»Wer ist eigentlich Joe di Maggio?« frage ich John-Boy, als er zwanzig Minuten später an unserem geheimen Treffpunkt aufkreuzt, einem Baumstumpf, der fast so groß ist wie zwei nebeneinander gerückte Bierkisten, versteckt in der zweiten Kiefernreihe, etwa auf halber Höhe am Hang.

»Keine Ahnung«, sagt er. »So 'n amerikanischer Baseball-Star. War mal mit der Monroe verheiratet oder so.«

Das ist das Schreckliche an John-Boy: Er weiß grundsätzlich *alles* und zwar *ganz genau*. Seine Lieblings-Floskeln sind aber »keine Ahnung«, »weiß nicht«, »irgendwie«, »vielleicht« und »oder so ähnlich«. Er *schämt* sich richtig dafür, daß er viel weiß, das ist nicht so blöde Koketterie wie bei unserem Geschichtslehrer, der lückenlos aufzählen kann, welche Edelsteine in die Schwerter welcher Könige eingelassen waren, und wenn dann ein Mädchen sagt, *was Sie alles wissen, Herr Krayen-*

baum, wird er rot und schaut zu Boden und sagt, daß das doch gar nichts sei, dabei platzt er fast vor Stolz.

John-Boy nimmt mich in den Arm; wir gucken runter ins Tal, und ich denke gerade, daß alles ganz großartig aussieht im Mondlicht, daß wir's eigentlich ziemlich gut haben hier oben, als John-Boy plötzlich aufspringt.

»Mir ist kalt«, sagt er, und: »Hast du mich jetzt aus dem Bett geholt, um zu fragen, wer Joe di Maggio war?«

Ich nehme John-Boys Hand und ziehe mich daran hoch. »Nee«, sage ich. »Dachte, wir könnten noch 'n Film gucken. Hast du Lust?«

Natürlich hat er. Video gucken bedeutet für ihn, daß ich müde werden und meinen Kopf an seine Schulter sinken lassen könnte, was ich in der Tat manchmal tue; kein Mensch hat sich rund um die Uhr in der Gewalt.

Da mein Vater vorhin im *Dorfkrug* nicht aussah, als würde er sich innerhalb der nächsten Stunden aus der Runde wichtiger Entscheidungsträger verabschieden, kann ich John-Boy problemlos mit zu uns nehmen. Meine Mutter schläft um diese Zeit schon, außerdem reagiert sie nicht halb so allergisch auf Jos Anblick wie mein Vater.

Ich schlage einen Horrorfilm vor, der total billig gemacht ist und den ich selbst noch nicht ganz gesehen habe, weil es mich langweilt, schlechte Filme allein zu gucken.

Wir plündern also den Knabbervorrat meiner Eltern, schalten den Fernseher an und beobachten fünf blöde

Teenager, die eine Party feiern, drei Jungs und zwei Mädchen. Natürlich weiß man sofort, daß die Kanonenfutter sind, also was immer da gleich auftaucht, Monster, Psychopath oder namenloses Grauen: Die sind als erste dran. John-Boy und ich schließen Wetten ab über die korrekte Reihenfolge. Ich bin für die Blonde, John-Boy für den Typen mit der Brille. In Wahrheit erwischt es aber die Brünette mit den mittelgroßen Brüsten, was uns sehr überrascht, weil die normalerweise erst am Ende dran ist.

So gegen Mitte des Films fängt John-Boy plötzlich an, total flatterig zu werden. Hyperaktivität, wie unser Dorf-Doktor Ruppelt vor ein paar Jahren diagnostiziert hat. John-Boy kramt eine Schachtel aus seiner Jacke, wirft zwei Pillen ein und läßt das fast leere Plastikteil, in dem nur noch eine Tablette ist, auf den Wohnzimmertisch fallen.

»Man kann auch ohne Rauschmittel Spaß haben«, sage ich.

»Halt die Klappe, Charlie.«

Ich beantworte seine Frechheit mit einem Flipshagel in sein Gesicht, und John-Boy wird plötzlich wütend. Er stapft einfach davon, und mir bleibt nichts übrig, als ihm ein trauriges »Gute Nacht, John-Boy« hinterher zu rufen, dann gehen die Lichter aus und die Grillen fangen an zu zirpen, Nacht Carol-Ann, Nacht Jim-Bob; eine Waltons-Dunkelheit legt sich um das Haus, in der niemand Angst haben muß, dann kommt der Abspann.

9. Verwalter des Glücks

»His name is Luckholder«, sagte Rahul und lachte dazu so schallend, daß das ganze Bett erzitterte und ein bißchen Whisky aus seinem Glas auf das seidene Laken schwappte.

Yash betrachtete das Foto, das Rahul ihm gegeben hatte: ein Familienschnappschuß, den dieser Luckholder mitgeschickt hatte und wahrscheinlich ihn selbst mit seiner Frau und seiner Tochter vor einem verschneiten Berggipfel zeigte – zu allem Überfluß hielten die drei auch noch eine indische Flagge hoch.

Wenn man ihn fragte, sah der Tourismuschef etwas angespannt aus: Er lächelte auf eine Art, für die Yash im Lauf der Jahre spezielle Antennen entwickelt hatte. Fast alle Leute, die einen Fuß in die Tür nach Bollywood bekommen wollten, lächelten so: als wollten sie um jeden Preis gefallen. Dabei hat er das gar nicht nötig, dachte Yash, denn Luckholder sah zwar ein bißchen verkrampft aus, aber nicht unsympathisch. Seine Frau war noch recht attraktiv, er schätzte beide auf knapp über vierzig, und Yash glaubte, daß sie stolz auf ihren Mann war – ganz im Gegensatz zu seiner Tochter, die aussah, als hätte man sie auf dieses Foto *prügeln* müssen. Sie erinnerte ihn an die Studentinnen, mit denen er damals zu tun gehabt hatte: noch keine zwanzig, aber in dem festen Glauben, alles durchschaut zu haben, über den Dingen zu stehen.

Auch er selbst hatte sich damals bedeutend älter und weiser gefühlt als jetzt; es hatte ihm viel Mut abverlangt, sich auf die Dinge, die er geglaubt hatte, begriffen zu haben, wirklich *einzulassen* – um dann festzustellen, daß er gar nichts verstanden hatte, daß alles neu war, immer wieder: eine Erkenntnis, die ihn Demut gelehrt hatte, dem Leben und den Menschen gegenüber.

»What do you think«, sagte Rahul und goß sich Whisky nach: »Will it be fun in Sillberg?« In seinem purpurnen Morgenmantel sah er aus wie ein König, und Yash fragte sich, warum er ihn überhaupt hergebeten hatte. Wahrscheinlich war ihm langweilig, oder er konnte nicht schlafen, wollte nicht alleine trinken; vielleicht war er sogar einsam. In jedem Fall schien es nichts äußerlich Wichtiges zu geben.

Yash zuckte mit den Schultern und betrachtete wieder das Foto. Aus irgendeinem Grund konnte er es nicht aus der Hand legen.

»Can I keep it?«

Rahul sah ihn überrascht an, machte dann aber eine großzügige Geste und trank einen Schluck.

Er sei müde, sagte Yash, steckte das Foto in die linke Brusttasche und stand auf.

»Straight to your heart!« lachte Rahul und ließ den Whisky im Glas kreisen.

10. Tabletten

Franz Luckhalter hatte schon oft einen Schädel gehabt. Aber diesmal hatte er eigentlich kaum was getrunken. Ein paar Biere, und zwei von den Schnäpsen, die Joschi selbst brannte. Wer nicht mitzog, beleidigte den Wirt, und den Wirt zu beleidigen konnte sich niemand erlauben. Wahrscheinlich lag es an der Luft: Der Bürgermeister hatte Zigarre geraucht, seine Augen brannten noch immer, und Franz wollte sich gar nicht vorstellen, wie sein Anzug morgen riechen würde. Sein bester Anzug. Den konnte er unmöglich anziehen.

Alle hatten um ihn rum gesessen und ihn mit Fragen gelöchert, und weil auch Lutz dabei gewesen war, hatte er jedes seiner Worte abwägen müssen; man konnte schließlich nie wissen, was am nächsten Morgen davon in der Zeitung stand.

Franz erreichte sein Haus und schloß die Tür auf. Im Wohnzimmer brannte noch Licht. Er hoffte, daß Margit nur vergessen hatte, es zu löschen, daß sie nicht vor dem Fernseher saß und auf ihn wartete. Er hatte jetzt keine Lust auf Diskussionen.

Aber es war nur Charlotte. Auf dem Bildschirm vor ihr sprang ein blutüberströmtes Mädchen vom Balkon und wurde unten von den eisernen Spitzen eines Gartenzauns aufgespießt.

»Was guckst du denn da?«

Vor seiner Tochter standen drei Dosen Bier.

»Du stinkst, Papa.«

Franz hob die Dosen nacheinander an und schüttelte sie. Nur in einer war noch ein Schluck drin.

»Danke gleichfalls«, sagte er. »Seit wann trinkst du Bier?«

»Hast du wieder angefangen zu rauchen?«

»Lenk nicht ab.«

Er ging in die Küche, holte zwei neue Dosen Bier aus dem Kühlschrank und stellte ihr eine davon hin.

»Müssen wir das sehen?«

»Nee«, sagte sie, »aber ich würde gern. Du kannst ja ins Bett gehen.«

Diese schnippische Art ihm gegenüber nahm sie sich nur heraus, wenn sie meinte, im Recht zu sein. Wahrscheinlich war es schon falsch gewesen, ihr ein Bier mitzubringen, statt sie dafür zu rügen, daß sie in ihrem Alter so viel trank. Schließlich hatte sie bereits im *Dorfkrug* Alkohol bestellt.

Franz knackte seine Dose und hielt sie Charlotte entgegen, um mit ihr anzustoßen, aber sie schüttelte den Kopf.

»Was ist?« Er bemühte sich, besonders klar zu artikulieren, damit sie nicht auf den Gedanken verfiel, er könne betrunken sein. »Keinen Durst mehr?«

Charlotte verzog den Mund, ohne zu antworten oder den Bildschirm aus den Augen zu lassen. Dabei entstand ganz kurz ein Grübchen, das sie schon als Baby gehabt hatte. Selbst wenn sie nicht lächelte oder ein

Gesicht zog, sah man diese haarfeine Falte, und zum ersten Mal fragte er sich, woher sie die hatte. Das Temperament, dachte er, hat sie jedenfalls von Margit.

Franz nahm einen tiefen Schluck und spürte, wie das Bier in seinen Bauch lief. Die Geräusche aus dem Fernseher verhießen nichts Gutes. Er war sonst nicht zimperlich, aber es ging nicht in seinen Kopf, wie man sich so was freiwillig angucken konnte.

»Willst du dir nicht lieber einen Film von Marlen ausleihen?« schlug er vor.

Charlotte nahm sich wortlos die Fernbedienung und stellte den Ton lauter.

In dem bläulichen Licht des Bildschirms sah Charlottes Haut noch weißer aus als sonst, ihre Haare wirkten fast schwarz, dabei nahmen sie im Sommer die Farbe von dunklem Honig an, und um ihre Nase gruppierten sich einzelne Sommersprossen, die sie fröhlicher aussehen ließen, als sie eigentlich war. Sogar ihre Augen veränderten durch die Hitze ihre Farbe, wechselten von einem undurchdringlichen Blaugrün zu leuchtendem Türkis. Obwohl sie ein ähnlich heller Hauttyp war wie Margit, wurde sie im Sommer schnell braun; im Zusammenspiel mit diesen Augen eine unschlagbare Mischung. Wenn sie nur mehr aus sich machen würde, dachte er, und nicht ständig in diesen Schlabbersachen rumliefe.

»Ist was?« Charlotte hatte bemerkt, daß er sie anstarrte.

»Wir können uns doch auch mal unterhalten«, sagte er und nahm noch einen Schluck.

Charlotte lachte. »Und worüber?« Sie griff tief in die Flipstüte und stopfte sich eine Handvoll in den Mund. »Ich dachte, du hättest heute schon genug Gelegenheit gehabt, dein Lieblingsthema zu erörtern.« Die Flips krachten zwischen ihren Zähnen.

Franz sagte nichts. Es verletzte ihn, wenn sie so mit ihm redete. Er leerte die Dose und zog die von Charlotte zu sich rüber.

»Trink nicht so viel«, sagte sie.

»Hab ich heute schon mal gehört.« Franz sammelte die leeren Bierdosen ein und warf sie zu den anderen, in die grüne Plastiktonne in der Küche. *Dosenpfand,* hatte Margit darauf geschrieben, mit einem dicken schwarzen Filzstift.

Lächelnd ging er zurück ins Wohnzimmer, drückte die letzte Tablette aus der Plastikpackung, die zwischen den Dosen auf dem Tisch gelegen hatte, und spülte sie mit dem Rest Bier runter. Sicher Aspirin oder so was. Für einen kurzen Moment fragte er sich, warum seine Tochter ihn so irritiert ansah. Margit nahm diese Dinger manchmal vorm Zubettgehen, wenn sie getrunken hatte, um am nächsten Morgen fit zu sein. Eine gute Idee, fand er, nichts dagegen einzuwenden. Außerdem wurde es auch für ihn Zeit. Morgen würde ein langer Tag werden, und er wollte seine Rede noch mal durchgehen. Hoffentlich würde er schlafen können.

11. Darshana

Lutz stand mit offenem Mund an der Bühne, die vor dem Rathaus aufgebaut war. Natürlich hatte er bereits einen Text vorbereitet. Er hatte Sätze von bestechender Schönheit formuliert, die das Aufeinandertreffen zweier so unterschiedlicher Kulturen wie der indischen und der deutschen bildhaft und atmosphärisch dicht illustrieren sollten. Er hatte einzelne Worte aufgeschrieben, die unbedingt in seinem Bericht vorkommen mußten, Worte wie *Kakaobutterhaut* und *abenteuerbunt*; er hatte sogar schon Artikelüberschriften wie »Salaam, Sillberg« oder »Guten Tag, Bombay« im Kopf, aber was er jetzt sah, übertraf jede Vorstellung, ließ jedes Bild, das er sich von diesem Morgen gemacht hatte, verblassen: Das waren tatsächlich drei blank geputzte Limousinen, die sich da im ersten Sonnenlicht am Berg vorbei wanden, funkelnd wie dunkle Edelsteine, gefolgt von einem weißen Kastenwagen, auf dem das Logo von *SillbergTravel* angebracht war. *SillbergTravel* hatte, laut Lutz' investigativer Recherche, nur eine Handvoll Mitarbeiter: Franz Luckhalter, der natürlich Geschäftsführer war und dessen Aufgabe sich vermutlich darin erschöpfte, fiktive Posten mit Zahlen zu versehen, die sich am Schluß zu einem vorher ausgedachten Betrag addieren ließen – und drei Praktikanten, die alles andere erledigten.

Lutz dachte daran, wie viel Mühe es Franz gekostet haben mußte, die Sache mit den Limousinen geheimzuhalten, und fragte sich, ob er noch mehr Überraschungen auf Lager hatte.

Den Indern wird der rote Teppich ausgerollt, während die eigenen Bürger im Regen stehen, notierte Lutz. Er las sich den Satz in Gedanken vor, dann strich er das mit dem Regen, weil es nicht ins Bild paßte. Er nahm seinen Stift zwischen die Zähne und überlegte. *Während die eigenen Bürger auf dem Kantstein hocken und frieren?* Nein. Rhythmisch nicht schön. Außerdem zu lang, zu wenig griffig.

Egal. Ihm würde schon was einfallen. Lutz nahm die Digitalkamera, die ihm der Fotograf der *Volksstimme* geliehen hatte, »zu treuen Händen«, wie er betont hatte und etwas widerstrebend natürlich, aber schließlich hatte er einsehen müssen, daß es besser war, auch die Fotos Lutz zu überlassen: Als »einer von hier« kam er in jeder Beziehung dichter ran an die Leute, und das war für den Chefredakteur das Totschlagargument.

Er wählte den Ausschnitt so, daß sowohl das Rathaus als auch der wartende Bürgermeister im Bild waren. Der Bürgermeister zupfte gerade seinen Anzug zurecht und reckte seinen Hals weit aus dem von einer royalblauen Krawatte beengten Hemdkragen; Lutz dachte an einen Vogel, dessen Name ihm nicht einfallen wollte, und fragte sich, wo eigentlich der Held des Tages blieb: Wie er Franz Luckhalter kannte (das heißt, wie er ihn kennengelernt hatte, seitdem ihm diese Inder im Kopf rum gingen), hätte er es sich normalerweise nicht nehmen lassen, als erster am Ort des Geschehens zu sein.

Auch der Bürgermeister schien seinen wichtigsten Mann zu vermissen; er sah jetzt ständig auf die Uhr und flüsterte den beiden Anzugträgern in seiner Nähe etwas zu. Er muß tot sein, dachte Lutz, weil ihm keine andere Erklärung einfiel. Oder er sitzt in einer der Limousinen. Aber einen derartigen Auftritt traute er selbst Franz Luckhalter nicht zu.

Der Konvoi bog um die letzte Ecke und kam dann geschmeidig zum Stillstand. Geschmeidig, dachte Lutz, ist ein gutes Wort dafür, auch wenn der Redakteur das später streichen würde: Ein Wagen kann nicht geschmeidig halten, würde er sagen, was für ein Blödsinn!

Fast gleichzeitig flogen die Fahrertüren auf, Luckhalters Praktikanten federten, zurechtgemacht wie britische Hotelpagen, von ihren Sitzen und öffneten die hinteren Türen.

Als sich in dicke Daunenjacken vermummte Gestalten mit Sonnenbrillen und Schirmmützen ins Freie wanden, verebbten die Gespräche, und Lutz fragte sich, wieviel Inder wohl in drei Limousinen paßten.

Vierzehn.

Nicht schlecht, dachte er und mußte unwillkürlich grinsen, weil ihn die Leute aus Bollywood an einen Haufen orientierungsloser Tauben erinnerten, wie sie in ihren Daunenjacken mitten auf der Straße standen und mit flatternden Armen Worte wechselten, die er nicht verstand.

Den Bürgermeister schien der Anblick seiner Gäste

zu lähmen: Es dauerte fast zwei Minuten, bis er sich entschloß, die Bühne zu verlassen und ihnen mit einem Räuchermännchen in der Hand entgegenzutreten. Zwei Minuten können verdammt lang sein, wenn niemand etwas sagt, dachte Lutz gerade, als sich Marlen an ihm vorbei in die erste Reihe drängte und ihm dabei mit dem Ellenbogen den Block aus der Hand schlug.

»Entschuldigung«, sagte sie, ohne sich umzudrehen oder Anstalten zu machen, den Block aufzuheben.

Lutz bückte sich und bemerkte verwundert, daß Marlen geschnürte Lederstiefel und einen Rock trug.

»Ist das nicht ein bißchen... kalt?« fragte er, aber Marlen starrte nur weiter in Richtung der Inder, als hätte sie eine Erscheinung.

»Hast du keine Schule?« startete er einen zweiten Versuch, woraufhin Marlen sich ihm mit einem Schwung zuwandte und etwas sagte, das er nicht verstand.

»Du hast gerade *was*?« Lutz dachte, er hätte das Wort nur nicht richtig gehört.

»*Darshana*«, wiederholte Marlen.

Lutz hatte Marlen immer attraktiv gefunden, sich jedoch nie irgendwelchen Illusionen hingegeben. Außerdem kannte er niemanden, der es auch nur für kurze Zeit geschafft hatte, mit ihr zusammenzusein.

»Was ist das, *darshana*?« fragte er und drängte sich neben sie.

Marlen verzog den Mund. Sie schien nicht besonders begeistert zu sein von seiner Hartnäckigkeit, aber Hartnäckigkeit gehörte nun mal zu seinem Job.

»*Darshana* ist der Moment der Erkenntnis«, sagte sie, ohne den Blick von der sonderbaren Gruppe zu lösen, die sich hinter dem Bürgermeister her zögernd Richtung Bühne bewegte. »Der Augenkontakt zwischen dem Gott und dem Gläubigen, dem Star und dem Fan.«

Lutz begriff nur langsam. »Und da vorne ...«, er folgte Marlens Blick.

»Da vorne ist Yash Dhawan.« Sie betonte den Namen so, als sei damit alles gesagt.

»Der indische Tom Cruise?«

Marlen sah ihn an, als hätte er sie gezwungen, in eine Schüssel voll Kakerlaken zu fassen. »*Tom Cruise?*«

»Naja, weil der ja auch Schauspieler ist.«

Marlen musterte ihn mit einer Mischung aus Mitleid und Verachtung. »Yash Dhawan ist *der* Schauspieler.« Sie fuhr sich mit beiden Händen durchs Haar. »Im *darshana* passiert etwas Heiliges, ein Austausch von Energien, bei dem sowohl der Guru als auch der Jünger zur Vollkommenheit transformiert wird.«

Lutz nickte. Er wußte nicht, was er sonst tun sollte. Und sprechen konnte er gerade nicht – ein Zustand, in dem er sich nur selten wiederfand. Vielleicht hatte der kurze Blickkontakt mit Marlen, der Geruch ihrer Haare auch ihn transformiert: von einem eloquenten Rhetoriker zum fassungslosen Statisten.

»Ja dann ... also ... du findest diesen Yash also gut«, sagte er, als er sich wieder gefangen hatte, und kam sich noch im selben Moment ziemlich albern vor.

»Verdammt Lutz, er ist mein *Gott*!«

Lutz fragte sich, warum man schönen Frauen eigentlich alles verzieh, während häßliche Frauen das Geheimnis des Lebens predigen konnten, ohne daß jemand davon Notiz nahm.

»Die daneben ist auch nicht schlecht«, sagte er und deutete auf eine Inderin, die genauso aussah, wie er sich Inderinnen immer vorgestellt hatte. Wie im Film, dachte er und fand den Gedanken plötzlich urkomisch.

Mittlerweile stand das gesamte Team auf der provisorisch errichteten Bühne. Lutz bezweifelte, daß das so geplant war. Er bezweifelte außerdem, daß die Bühne das aushalten würde.

Der Bürgermeister nestelte an dem Mikrofon herum, das ausschließlich für Luckhalters Rede aufgestellt worden war. Er pustete in erbärmlichster Festzeltredner-Manier dreimal kurz hinein, woraufhin es dreimal hart aus den Boxen knallte, und ersparte den gebeutelten Zuhörern auch das obligate »eins-zwo, eins-zwo« nicht.

Glücklicherweise trat in diesem Moment Joschi mit einem Tablett voller Schnapsgläser auf die Bühne und erinnerte den Bürgermeister daran, daß noch nicht alles verloren war: Durch einen Begrüßungsschluck ließe sich vielleicht Zeit gewinnen. Zeit, die Franz Luckhalter benötigen könnte, wie durch ein Wunder doch noch auf der Bühne zu erscheinen und den Bürgermeister, der zwar fließend Russisch aber kein Wort Englisch konnte, vor der größten Blamage seiner Amtszeit zu bewahren.

Joschi schenkte aus einer Flasche, in der Lutz selbstgebrannten Marillenschnaps vermutete, die Gläser voll, während der Bürgermeister jovial lächelte und einem der Inder, den er wegen seiner Leibesfülle und der goldglitzernden Sonnenbrille wohl für einen Verantwortlichen hielt, zur Begrüßung die Hand entgegenstreckte.

Marlen wandte sich ab.

»Was ist los?«

»Er hält ihnen die linke Hand hin«, sagte sie. »Die linke Hand gilt als unrein. Für einen Inder ist das die höchste Form der Beleidigung.«

Alle Mitglieder der Crew starrten den Bürgermeister an, und plötzlich hatte Lutz eine Überschrift im Kopf, die ihm noch besser gefiel als alle anderen.

12. Murphys Gesetz

»Franz!!«

Die gesamte Dorfbevölkerung war hinter ihm her. Barfuß. Sie trugen bunte Gewänder. Jeder von ihnen hatte einen Punkt auf der Stirn. Und Franz rannte. Rannte um sein Leben.

»Franz, um Gottes willen!!!«

Das war die Stimme seiner Frau. Sie stand auf einem Hügel wie eine Erscheinung und wollte ihn vor etwas warnen.

Er sah sich um. Jemand packte ihn am Arm, riß ihn herum: der Pfarrer. Tue Buße, raunte er ihm zu. Tue Buße, Franz. Immer eindringlicher. Er schüttelte ihn, sein Kopf schlackerte; er strauchelte, die Erde stürzte auf ihn zu.

Auf der anderen Seite der Welt kam er wieder heraus. Er fiel nach oben, dem Licht entgegen: einer 60-Watt-Glühbirne. Er schloß die Augen.

»Franz, es ist neun Uhr!«

In dem Bruchteil einer Sekunde begriff er alles: Woher er diese Lampe kannte. Wo er seit einer halben Stunde hätte sein müssen. Was es für Folgen hatte, daß er *nicht* da war. Und daß seine Frau nicht auf einem Hügel stand, sondern neben seinem Bett.

»Die warten auf dich!«

Obwohl ihn der Adrenalinstoß einigermaßen wach gemacht hatte, fühlte er sich noch immer wie eingeschlossen von heißer Watte. Er mußte sich auf jede Bewegung konzentrieren, bis sie ausgeführt war: Rechten Fuß auf den Boden setzen. Socken nehmen. Den Fuß in den Socken stecken.

Seine Frau lief im Zimmer umher. Sie redete etwas von zuviel getrunken und tat Dinge, die er nicht begriff. Die Knopfleiste seines Hemdes erforderte seine ganze Aufmerksamkeit.

Ich kann nicht mal mehr duschen, dachte er, jetzt, wo er schon fast angezogen war, und daß es am Bier nicht gelegen haben konnte, daß er Telefon und Wecker überhört hatte. Er fühlte sich überhaupt nicht verkatert, und er war auch nicht noch mal eingeschlafen: Der

Alarmknopf am Wecker war nicht heruntergedrückt, und Franz fragte sich, warum ihn seine Frau nicht früher geweckt hatte.

»Warum hast du mich nicht früher geweckt?«

»Ich mußte Charlotte in die Schule bringen.« Margit erschien wieder im Türausschnitt. »Sie hat vergessen, daß der Bus heute woanders hält. Die Dorfstraße ist doch gesperrt, wegen deinem Empfang vor dem Rathaus. Deswegen mußte ich auf dem Rückweg auch den Wagen stehenlassen. Da ist alles dicht.«

»Schließ dein Fahrrad auf.« Franz streifte sich die Krawatte über den Kopf und zog die Schlinge um seinen Hals zu. »Stell es vors Haus, bitte.«

»Willst du nicht wenigstens einen Kaffee?«

»Keine Zeit.« Franz lief an ihr vorbei, ohne sie anzusehen. »Drück mir die Daumen.«

Im Flur nahm er das Sakko vom Bügel und roch daran, während er die Haustür öffnete. Die Knöpfe ließ er offen. Vielleicht, dachte er, hilft der Fahrtwind gegen den Gestank.

Franz schwang sich auf das alte Damenrad seiner Frau und trat in die Pedale. Der Sattel quietschte bei jeder Bewegung, die rostige Kette schleifte rhythmisch durch den Kasten, und bald mischte sich sein schwerer Atem, das Quietschen des Sattels und das Schleifen der Kette zu einem gleichförmigen Konzert, das ihn vorantrieb und gleichzeitig beruhigte; seine Gedanken kreisten nur noch um das Beibehalten des Tempos.

Nur einmal kam er aus dem Tritt, als er fast die Eintracht überfahren hätte, die Bernd Pollke über die Straße folgte und plötzlich stehengeblieben war, um ihn anzuglotzen, und Franz mußte sich entscheiden, ob er vor oder hinter dem Hund vorbeifahren sollte, vor oder hinter dem Hund; er entschied sich für vor dem Hund, was ein Fehler war, denn auch die Eintracht machte plötzlich einen Schritt nach vorn, und Pollke fing an, irgendwas zu brüllen, obwohl er den Köter nicht mal erwischt hatte; Pollkes Geschrei mischte sich mit dem Jaulen der Eintracht, die wohl aus Solidarität mitheulte, aber Franz sagte nichts, weil er genug damit zu tun hatte, das Gleichgewicht zu halten und seinen Rhythmus wiederzufinden.

Schon als das Rathaus in Sichtweite kam, wandten sich ihm die ersten Köpfe zu. Es war unangenehm, von allen angeglotzt zu werden. Das einzige Geräusch, das man hörte, war sein schnaufender Atem und das Quietschen und Schleifen des Rades.

Die Bühne stand voll von untersetzten Leuten in Winterjacken, daneben Joschi und der Bürgermeister, während er, Franz Luckhalter, General Manager von *SillbergTravel*, zwanzig Minuten zu spät auf einem klapprigen Damenrad zu seinem großen Auftritt kam: ungewaschen, unrasiert, in einem stinkenden Anzug und ohne gefrühstückt zu haben. Weil er verschlafen hatte. Das sollte ihm erst mal jemand nachmachen.

Insgesamt vier Dutzend Augenpaare sahen ihm dabei zu, wie er das Fahrrad an eine Hauswand knallte, sich einen Weg durch die kleine Ansammlung von Leuten bahnte, ausgerechnet vorbei an Lutz Haas, der ausnahmsweise nichts aufschrieb, dafür pausenlos Fotos machte, von ihm und seinen Schwierigkeiten, sich mit Würde durch die Menge zu bewegen, die ja strenggenommen gar keine richtige Menge war, obwohl sie ihm so vorkam, und Franz widerstand nur knapp dem Impuls, Lutz die Kamera aus der Hand zu schlagen, sein Ellenbogen sichelte genau zwischen ihm und Charlottes Freundin durch.

Wenn ich auch nur eines dieser Fotos morgen in der Zeitung sehe, dachte er, während er sich darauf vorbereitete, mit ebenso elegantem wie kühnem Schwung die Bühne einzunehmen, mach ich dich fertig, Lutz, und dann sprang er auf die Bühne, jedenfalls wollte er das, aber sein rechtes Bein blieb an der Holzverkleidung hängen, wie damals im Schwimmbad, als er versucht hatte, sich aus dem Becken zu stemmen, aber seine Arme waren nicht stark genug gewesen, er hatte den Schwung nie hingekriegt und war immer mit zitternden Armen wieder zurück ins Wasser gefallen wie ein Fisch, den keiner wollte.

Mit seinem ganzen Gewicht polterte er gegen den Bretterverschlag, schaffte es aber, einen Fuß über die Kante zu haken und sich unter Aufwendung aller Kräfte hochzuziehen. Nicht denken, dachte er, nicht daran denken, wie das aussieht, nicht denken, daß Lutz Haas jetzt den Auslöser drückt, und jetzt, und jetzt; er stemmte sein Knie auf den Boden und spürte, wie ihm ein Holzsplitter in das Bein drang, das er nachzog, um sich aufzurichten; er strich seine Krawatte glatt, seine Haare; es war immer noch totenstill, und er machte ein paar Schritte in Richtung Bürgermeister, knöpfte dabei sein Sakko zu und versuchte nicht zu den Indern zu sehen, nicht mal an sie zu *denken*.

Wenn wenigstens jemand lachen würde, dachte Franz, dem ein Lachen weitaus lieber gewesen wäre als diese Stille, zumindest ein Hüsteln oder Schniefen, aber die Bevölkerung von Sillberg schien sich an diesem Morgen bester Gesundheit zu erfreuen.

Franz räusperte sich. Das ist gut, dachte er, so ein Räuspern kann den Bann brechen, die Erstarrung lösen, dachte er und blieb an etwas hängen. Ein Mikrofonständer fiel um, das Kabel wickelte sich um seinen Fuß und riß daran; noch im Gehen kam er ins Straucheln und stürzte, schlug mit dem Gesicht genau vor die Füße des Bürgermeisters.

Franz schloß die Augen. Er wußte nicht, was er tun sollte. Also blieb er einfach liegen und wartete auf seinen Tod. Mit geschlossenen Augen fühlte er sich auch gleich besser. Wenn ich nichts sehe, dachte er, sehen mich die anderen vielleicht auch nicht.

Ein hölzernes Grollen, wie ferner Donner. Franz öffnete die Augen. Das Mikrofon stieß knallend gegen sein Kinn. Es schien für jemanden mit Fistelstimme reguliert worden zu sein; sein Atmen drang überlaut aus den Boxen und breitete sich wie ein Tuch über die schweigende Menge, die ja eigentlich, dachte Franz wieder, ohne daß ihn der Gedanke beruhigt hätte, gar keine richtige Menge war. Es geht immer noch schlimmer, dachte er, das ist Murphys Gesetz. Murphys Gesetz hatte ihm seine Tochter beigebracht: Alles, was schiefgehen kann, geht auch schief. Charlotte liebte solche Sprüche, depressive Sentenzen, in die sie sich hüllte wie in einen schwarzen Umhang, und nie hätte er zugegeben, daß er zumindest diese eine, Murphys Gesetz, wirklich mochte.

Jemand lachte.

Dieser Jemand bin nicht ich, dachte Franz, zunächst verwundert, weil er plötzlich dasselbe Gefühl hatte wie vor Jahren bei der Beerdigung seines Vaters, als er vor versammelter Mannschaft während der Totenmesse einen Lachanfall bekommen hatte, mitten in das drückende Schweigen hinein. Sein Lachen hatte sich an den Wänden der Kapelle gebrochen und war als hundertfaches Echo vom festen Stein des Bodens immer wieder hochgeworfen worden in die enge Kuppel, und niemand, niemand hatte es gewagt, ihn anzusehen, das war das Schlimmste gewesen, dabei hatte er gar nicht lachen wollen; der Tod seines Vaters hatte ihn zutiefst erschüttert, aber die ganze Situation, die Rede des Pfarrers, das Schniefen der Verwandtschaft, diese Mischung aus Jämmerlichkeit und Verlogenheit im Wechselspiel mit seiner eigenen Erstarrung hatten sein Zwerchfell, halb als Gegenreaktion, halb als Schutz gegen seelische Verkrustung, plötzlich flattern lassen. Doch das hier war kein verzweifeltes Lachen, kein Lachen an der Grenze zum Schluchzen: Es war ein herzhaftes, rollendes Lachen; ein Lachen, das weiteres Gelächter nach sich zog, fremd und warm und weich, und es klang überhaupt nicht wie das Gelächter, das er erwartet hatte. Dieses Lachen klang ihm zugewandt.

Sie müssen das Ganze für einen Teil der Inszenierung halten, dachte er, ein Gedanke, der ihm zwar absurd vorkam, an den er sich aber gleichzeitig klammerte, denn selbst wenn dem nicht so war, selbst wenn man ihn auslachte, blieb ihm nichts als die Flucht nach vorn: Meine letzte Chance zur Ehrenrettung, dachte Franz, der im Grunde gar nicht wußte, was es da noch zu retten geben konnte, aber genau dieses Gefühl machte ihn mutig.

Du hast alles verspielt, dachte er. Du kannst jetzt nur noch gewinnen. Das ist Murphys Gesetz. Nur anders herum.

Franz biß die Zähne zusammen. Nicht denken, dachte er, was gar nicht so einfach war: Spiel einfach mit. Du bist die Hauptfigur. Du hast es in der Hand.

Franz gab sich einen Ruck, sprang in die Hocke, setzte ein strahlendes Lächeln auf und schnappte sich das Mikrofon: »Salaam, India!« brüllte er aus Leibeskräften; er schrie an gegen seine Angst, fegte die gesamte Anspannung der letzten Wochen mit zwei Worten über die Zuschauer, über das indische Filmteam, das er jetzt, da es ihm gelungen war, sich *wirklich* als Spielfigur zu begreifen, endlich ansehen konnte; er breitete die Arme aus, Applaus umfing ihn, und Franz reckte die Fäuste in den Himmel, begleitet von Jubelrufen aus vierzehn indischen Kehlen.

Das muß ein Traum sein, dachte er, und wenn es keiner ist, dann will ich auf der Stelle keine Spielfigur mehr sein, sondern wieder Franz Luckhalter, damit ich das wenigstens *mitkriege*, denn im Grunde gilt das alles nicht mir, sondern dem, den ich mir gerade ausgedacht habe, in einem Moment höchster Verzweiflung; und daß er gleichzeitig so klar war, daß er im Zentrum des Jubels stehen und gleichzeitig solche Betrachtungen anstellen konnte, verwunderte ihn am meisten.

Der Bürgermeister kam auf ihn zu und schlug ihm, wohl weil er begriffen hatte, daß er die Nummer mitspielen mußte, um einigermaßen unbeschadet da raus zu kommen, derart heftig auf die Schultern, daß Franz fast von der Bühne gefallen wäre.

»Eintopfrand«, sagte der Bürgermeister, aber da mußte Franz sich verhört haben; das war kein Wort, das er kannte, und erst recht war es kein Wort, das der Bürgermeister in einer Situation wie dieser an ihn gerichtet hätte.

Der Bürgermeister breitete die Arme aus, und als hätte der anwesende Teil der Bevölkerung von Sillberg die ganze Zeit auf eine offizielle Erlaubnis von höchster Stelle gewartet, war nun auch aus den Reihen vor der Bühne zögerliches Geklatsche zu hören.

Das Eisen schmieden, solange es heiß ist, kam Franz ein Kalenderspruch in den Sinn, den er immer verabscheut hatte, dessen zupackende Metaphorik ihn aber ermutigte, mit beiden Händen auf das Tablett mit den Schnäpsen zu greifen, zwei von Joschis Selbstgebrannten herunterzunehmen und ein Glas dem Inder zu reichen, der ihm am nächsten stand, ein Dicker mit goldener Sonnenbrille.

Franz nickte ihm zu und stieß leicht gegen dessen Glas, dann stürzte er den Schnaps runter; eine Dummheit, die mir auf nüchternem Magen den Rest geben muß, dachte Franz, der andererseits das Gefühl hatte, jetzt nicht aufhören zu dürfen mit dem Spiel und den Schnaps irgendwie zu brauchen.

Nach kurzem Zögern trank auch der Dicke. »My name is Rahul«, sagte er, seine Stimme klang rauh und tief und sanft, eine Stimme, die man vom Whiskytrinken kriegt, dachte Franz, und dann sagte Rahul noch was; sein Englisch klang wie eine Aneinanderreihung kurzer Befehle, und *Eastern Germany* war das einzige, das Franz daraus verstand.

Rahul nahm sich einen weiteren Schnaps vom Tablett, er roch daran und lachte schallend, und Franz blieb nichts übrig, als mitzulachen und sich auch noch ein Glas zu nehmen, vor allem, weil er sich plötzlich zu erinnern glaubte, daß Rahul der Name des Regisseurs war.

»My name is Franz«, sagte Franz, stolz darauf, gleich den richtigen Mann gefunden zu haben.

»Nice to meet you, Frank«, sagte Rahul, und dann nahmen sich auch die anderen aus dem Team ein Glas und schließlich der Bürgermeister.

»Äh – my name is *Franz*«, korrigierte Franz, dem die Mißverständnisse allmählich zuviel wurden und der es für ein schlechtes Zeichen hielt, eine Geschäftsbeziehung unter derart verqueren Umständen zu beginnen.

»Yeah, Frank, as I said«, sagte Rahul.

»Eintopfrand«, flüsterte ihm der Bürgermeister von hinten ins Ohr.

Zweimal kann ich mich nicht verhört haben, dachte Franz, einer von uns beiden muß wahnsinnig geworden sein, doch ehe er dazu kam, die Vor- und Nachteile beider Varianten gegeneinander abzuwägen, schnappte er sich das Mikrofon, das ihm heute schon mal das Leben gerettet hatte, brüllte »Welcome to Sillberg!« und trank sein zweites Glas leer.

»Mein Gott Franz«, hörte er jetzt deutlich, und dann noch mal; der Bürgermeister hatte vermutlich die ganze Zeit »mein Gott Franz« gesagt; alles war gut, alles war in Ordnung, zwar brannte der Schnaps in seinem Magen, zwar wurde ihm etwas komisch davon, aber das würde sich geben, dachte er, spätestens, wenn er etwas gegessen hätte.

13. Yash Dhawan's voice

Yash kam sich immer mehr vor wie in einem Film, der so skurril war, daß nicht mal Rahul ihn sich hätte ausdenken können: Im Morgengrauen erst diese völlig übermüdeten Jungs, die sie in geliehenen Limousinen vom Hotel abgeholt und in die Berge gefahren hatten. Dann das Dorf mit seinem verkrampften Bestreben, ihnen die ganz große Show bieten zu wollen. Luckholder, der unfreiwillig in Rahuls Herz gestolpert war. Und jetzt dieses Hotelzimmer, aus dem irgend jemand wohl höchst religionsoffen das Kreuz an der Wand entfernt hatte. Yash konnte nur hoffen, daß es so weitergehen würde, dann hätte er sicher eine Menge Spaß hier.

Während der Begrüßung vor dem Rathaus war er nur ein einziges Mal daran erinnert worden, daß er Yash Dhawan war: Ein Mädchen aus der ersten Reihe hatte ihn die ganze Zeit angehimmelt. Zwar hatte sie sehr gut ausgesehen, aber sie gehörte zu der Sorte Fans, die ihm nicht guttat. Es war leicht, verführerisch leicht sogar, auf diese Art der Bewunderung hereinzufallen: Sie schmeichelte ihm, machte ihn aber taub für die Stimme, auf die er in diesen Tagen verstärkt achten wollte.

Er packte schnell das Nötigste in den Schrank. In fünf Minuten, hatte Rahul gesagt, wollten sie alle zusammen mit dem Bürgermeister und dem Tourismuschef zu einer ersten Drehortbesichtigung fahren, bevor es dann am Nachmittag richtig losgehen würde. Aus Gewohnheit klopfte er die Taschen seines Jacketts ab und war überrascht, als er bemerkte, daß er noch immer das Foto von Luckholder und seiner Familie bei sich hatte.

Sie ist gar nicht da gewesen, dachte er plötzlich und sah in das Gesicht von Luckholders Tochter.

14. Freunde

Als er eine halbe Stunde später im Fond einer dunklen Limousine saß, fühlte Franz sich besser. Die letzten Häuser von Sillberg zogen an ihm vorbei wie die Kulisse eines Films, dem man nicht glaubt, und die Stimmung im Wagen war glänzend. Wenn bloß das Wetter weiter mitspielt, dachte Franz, der seit seinem Auftritt vor dem Rathaus von Rahul wahlweise *Frank* oder *my friend* genannt wurde, was ihm beides nicht behagte.

Rahul hatte darum gebeten, eine der Limousinen selbst zur Drehortbesichtigung steuern zu dürfen. Schon auf dem Weg zum Hotel hatte er die Wagen bestaunt, und das, dachte Franz, wog die happige Leihgebühr, über die sich der Bürgermeister wiederholt beklagt hatte, dreimal auf.

Rahul tätschelte abwechselnd das Lenkrad und das Räuchermännchen, das ihm der Bürgermeister peinlicherweise zur Begrüßung geschenkt hatte; er unterbrach dazu die zufriedene Melodie, die er brummte, um *very good, my friend, absolutely amazing* zu murmeln.

Franz hätte es gern gesehen, wenn der Regisseur öfter nach vorn geschaut hätte statt pausenlos nach rechts, wo der Kameramann saß, oder auf die Rückbank, wo er selbst zwischen dem Bürgermeister und zwei Bodyguards eingeklemmt war, die aussahen, als hätten sie zu viele amerikanische Polizeifilme gesehen.

»This is nice place«, sagte Rahul, »this is really really nice place.« Er grinste zufrieden und sah ihn an: »We will shoot wonderful pictures today. You have nice country, Frank.«

Franz hatte es mittlerweile aufgegeben, den Regisseur zu korrigieren. Der Alkohol ließ ihn nicht nur Rahuls Fahrstil besser ertragen, er belebte auf wundersame Art auch sein englisches Sprachzentrum: »Not only today«, sagte er. »You make great pictures here every day, you will see.«

Wieder ließ Rahul sein schallendes Lachen vernehmen; er schien in einer Welt zu leben, in der Leute ständig Torten ins Gesicht kriegten, oder Franz hatte einfach keinen Sinn für indischen Humor.

Worum es in dem Film, den Rahul hier abdrehen wollte, eigentlich ging, hatte Franz noch immer nicht ganz begriffen, aber in der Hauptsache ging es ja immer um die Liebesgeschichte zweier Helden, die sich nach der Überwindung etlicher Hindernisse endlich vereinen durften. Diese Vereinigung sollte hier am Berg gedreht werden, eine ausufernde Song-and-Dance-Nummer, die den Löwenanteil des Budgets verschlingen würde (für Franz die entscheidende Information) und in einer großangelegten Hochzeitsszene gipfeln sollte.

Franz hatte bereits Informationen über die Arbeitsweise indischer Filmteams eingeholt. Im Internet war er auf ein Interview mit dem Busfahrer gestoßen, der die Bollywood-Teams in der Schweiz fast im Alleingang betreut und sich darüber beklagt hatte, wie planlos der gesamte Stab, wie selbstherrlich vor allem der Regisseur zu Werke gegangen sei. Franz war also vorbereitet – und entschlossen, jede noch so schwierige Aufgabe als Herausforderung zu begreifen.

»Vorsicht!!!« Das war die Stimme des Bürgermeisters.

Es krachte, sein Kopf knallte nach hinten, und plötzlich war alles still.

Franz hatte Mühe, sich zu orientieren. »Was ist passiert?« fragte er, aber das war leichter zu erkennen, als zu begreifen: Vor ihnen standen Kühe, und hinter ihnen machte der Praktikant, der die nachfolgende Limousine gesteuert hatte, mit beiden Armen eine Ich-kann-nichts-dafür-Geste.

»Scheiße«, sagte Franz. »Scheiße, Scheiße, Scheiße.« Das war zwar nicht sonderlich eloquent, entsprach aber wimperngenau seiner Verfassung.

Bernd Pollke kam auf sie zu, ging langsam um den Wagen herum und betrachtete sie ungläubig durch die Windschutzscheibe. Franz öffnete über den Bürgermeister hinweg die Tür.

»Alles in Ordnung?« fragte Pollke zaghaft.

»Alles bestens, Bernd, danke der Nachfrage.« Franz zwängte sich am Bürgermeister vorbei ins Freie. »Und selbst?« Er wollte gerade Luft holen, um diesem dämlichen Klotz gehörig den Marsch zu blasen, als er dessen stieren Blick auf einen Punkt hinter seinem Rücken bemerkte.

Franz drehte sich um. Er kam gar nicht dazu, darüber nachzudenken, was es in diesem Fall bedeutete, daß nicht sein Praktikant (auf dessen ausschließliche Fahrerlaubnis der Vertrag lief) den Wagen gesteuert hatte, sondern Rahul. Ebensowenig wie über die tausend Euro Selbstbeteiligung, die er ausgehandelt hatte, um den Versicherungsbeitrag möglichst gering zu halten.

Die Inder verharrten wie erstarrt, einige von ihnen in einer leichten Verbeugung, vor einer Herde Kühe, die zufrieden wiederkäuend auf der Straße stand, und Franz konnte gar nicht anders, als sich von der Ehrfurcht und Demut anstecken zu lassen, die von diesem Bild ausging.

Bernd Pollke sah ihn an. Franz sah den Bürgermeister an. Sie alle waren einen wertvollen Augenblick lang Teil einer wundersamen Übereinkunft, das spürte er, ohne konkret benennen zu können, worin diese Übereinkunft bestand. Im Moment fühlte er nur, daß er Zeuge von etwas ... Heiligem war, und er schämte sich nicht mal, das zu denken.

»No problem, my friend.« Rahul stellte sich zwischen ihn und den Bürgermeister. »We'll do it the Indian way.«

Und obwohl Franz Luckhalter nicht die leiseste Ahnung hatte, was der *Indian way* sein konnte, blieb ihm gar nichts anderes übrig, als all seine Hoffnung in einen übergewichtigen Mann mit Daunenjacke und goldener Brille zu setzen, dessen Freundeskreis offensichtlich mit jedem neuen Gesprächspartner wuchs.

15. Im Licht

Das Hotel, in dem ich meinen alljährlichen Feriendienst ableiste und dessen Nachttischschubladen ich auf Geheiß meines Vaters von sämtlichen Bibeln befreit habe, schmiegt sich an diesem Nachmittag unter einem beängstigend blauen Himmel in die Arme mehrerer Tannen. Marlen steht schon vor dem Eingang; ich spüre die Sonne auf meiner Haut und meine Freundin beginnt schon zu erzählen, noch bevor ich ihren in ein sündiges Stück Stoff gehüllten Körper erreicht habe. Ihr Monolog besteht vornehmlich aus Sätzen, die ich aus Vorabendserien bereits auswendig kenne, und vermittelt im Kern folgende Inhalte:

1. Yash sieht in echt noch viel toller aus als im Film.

2. Mein Vater kam a) zwar zu spät zum Empfang, war aber b) trotzdem großartig.

3. Ich soll bitte-bitte meine Beziehungen zum Reinigungspersonal spielen lassen, um Yashs Zimmernummer zu erfragen, und ihr dann helfen, einen Brief an ihn zu verfassen.

Noch bevor ich antworten kann, duckt sich Marlen plötzlich hinter eine Tanne und zieht mich zu sich. Ich sehe einen Schwarm wattierter Menschen durch die Eingangstür des Hotels nach draußen strömen und sich geschlossen Richtung Parkplatz orientieren.

Sie sind kaum hinter der Hecke verschwunden, die die Wagen der Hotelgäste vor neugierigen Blicken schützen soll, als ein völlig aufgelöster Lutz Haas mit Comicsocken hinterherstürzt, in der linken Hand einen Spiralblock, in der rechten einen Stift.

»Lutz!« Marlen tritt hinter der Tanne hervor und versucht ihn allein durch die Kraft ihres Anblicks zu stoppen, was prompt gelingt. Ich verstehe nicht, was sie sagt, weil ich mich erst jetzt aus dem Schutz des Nadelholzes löse, aber als ich Marlen erreicht habe, macht sie eine typische Handbewegung: Ich soll ihr folgen, also ihr und Lutz, der mein hocherfreutes Schweigen zur Begrüßung erwidert, weil er mich ebenso sympathisch findet wie ich ihn.

Gemeinsam geht es unseren ausländischen Gästen hinterher, die gerade im Begriff sind, drei dunkle Limousinen zu besteigen, von denen zwei bereits derart abgenutzt aussehen, daß sich das günstig auf die Höhe der Leihgebühr ausgewirkt haben muß.

»Hast du gesehen? Da war er, da war er!« ruft Marlen, während Lutz seinen schrottreifen Wartburg aufschließt.

Ich zwänge mich zwischen Marlen und eine sehr große Tasche mit Fotozubehör auf die Rückbank. Lutz verfolgt die dunklen Limousinen in gebührendem Abstand, meistens aber Marlens Gesichtsausdruck im Spiegel. Immer wenn Lutz guckt, lächelt Marlen ihn an und drückt kurz meine Hand, als wollte sie sich für ihr Lächeln rechtfertigen, was mich etwas irritiert.

»Ich könnte da was für dich tun«, sagt Lutz plötzlich.

»Ach ja?« frage ich, bevor mir klar wird, daß er natürlich Marlen meint.

»Wegen diesem Yash.«

Marlen beugt sich zu ihm und lockert sofort ihren Griff: »Und?«

»Naja, ich bin Reporter, und du bist jemand, der sich ein bißchen auskennt mit diesen… Bollywood-Filmen, oder?«

Ich fürchte, ich weiß, was jetzt kommt. Und ich hoffe sehr, daß ich mich irre.

»Was liegt da näher, als daß ich euch beide mal zusammenbringe, Yash und dich? Für ein kleines Interview als Gegenleistung, verstehst du? Können wir vielleicht als Beitrag ans Regionalfernsehen verkaufen.«

Ich habe mich nicht geirrt.

»Alles ganz offiziell, er wird keinen Verdacht schöpfen. Du fragst ihn einfach zwei, drei Sachen, die ich wissen will, der Rest bleibt dir überlassen.«

Marlens Hand wird immer wärmer. Und feuchter. Ihre Hand ist so etwas wie ein Entfernungsmesser, der mit schwindender Distanz zum Zielobjekt zunehmend in den flüssigen Zustand überzugehen droht; sie verabredet etwas mit Lutz, das ich gar nicht wissen will, und als wir endlich am Drehort ankommen, empfängt uns eine sonnenbeschienene Lichtung am Hang, auf der nicht mehr ganz so viel Schnee liegt wie auf dem Rest des Berges. Das Gras erstrahlt an einigen Stellen sogar in saftigem Grün und bietet wohl die ideale Plattform für Yash und seinen verliebten Blumentanz um das Objekt seiner Begierde, jedenfalls stehen überall

Scheinwerfer und Aufhellschirme, Kameras, Stühle, Stative und das ganze andere Zeug, das man zum Filmemachen so braucht.

Zu meinem Entsetzen sehe ich, daß auch mein Vater schon da ist: Er steigt aus einem Kastenwagen, auf dem *SillbergTravel* steht, in einer Schrift, die irgendwie an ein Bestattungsinstitut erinnert, und trägt ein riesiges Mikrofon nach draußen.

Lutz stürzt sofort auf ihn zu und will ihn in ein Gespräch verwickeln, aber mein Vater antwortet nur im Gehen und sehr einsilbig, wie es aussieht. Dabei fällt unglücklicherweise sein Blick auf mich, und ich merke, daß ich keine plausible Antwort auf die Frage habe, die er mir stellen wird.

»Was tust *du* denn hier?«

»Dich besuchen«, lüge ich, weil Marlen nicht von meiner Seite weicht und ich nicht sagen kann, daß meine Freundin Beistand braucht. »Wollte dich an deinem großen Tag nicht allein lassen.«

Mein Vater scheint nachzudenken.

»Du riechst nach Schnaps«, setze ich sofort nach, um den Spieß umzudrehen. »Und die Limousinen waren im Angebot, oder?«

Eine Breitseite von durchschlagendem Erfolg: Mein Vater geht mental zu Boden.

»Also gut«, sagt er. »Eine Stunde. Aber dann fährst du ins Dorf und hilfst deiner Mutter mit dem Essen, wie abgemacht.«

»Wie abgemacht«, sage ich und gebe ihm einen Kuß auf die Wange. Ich weiß, daß er das gern hat: Dann kann er ein bißchen stolz sein und damit protzen, was für eine ausnehmend hübsche Tochter er hat.

Marlen hakt sich bei mir unter, weil sie spürt, was für eine ausnehmend gescheite Freundin sie hat, und steuert auf einen Pulk von Leuten zu, in dem sie vermutlich Yash ausgemacht hat. Plötzlich jedoch zieht sie mich hinter ein Zelt, das etwas abseits steht und aussieht wie diese kippeligen Dinger, in denen Mütter bei Straßenfesten selbstgebackenen Kuchen und Kaffee aus Thermoskannen verkaufen. Dann duckt sie sich, das scheint heute ihre Lieblingsbeschäftigung zu sein.

»Da ist er!« zischt sie mir ins Ohr und möchte damit wohl ausdrücken, daß Yash soeben in Begleitung eines wunderschönen Mädchens aus seinem Zelt gekommen ist. Zumindest haben die beiden keine Daunenjacken mehr an, sondern eine goldene Toga beziehungsweise ein glitzerndes Kleidchen. Um mit den Worten meiner Mutter zu sprechen: Das junge Paar ist für diese Jahreszeit entschieden zu dünn angezogen.

»Wahnsinn, oder?« fragt Marlen, und ich überzeichne meinen ersten Eindruck; ich nicke pflichtschuldig, denn abgesehen von seiner unglaublichen Brustbehaarung sieht er wirklich nicht so übel aus, wie ich dachte.

Bevor ich aber dazu komme, Marlens Held näher in Augenschein zu nehmen, zieht sich ein Kreis von Technikern um die beiden zusammen, was Marlen ermutigt, sich weiter vorzuwagen: Wir stellen uns in die zweite Reihe, sehen Ton- oder Skriptleuten über den Kopf und beobachten, wie Yash und seine Partnerin (gegen die sogar Marlen nicht den Hauch einer Chance hätte) in Position gehen.

Die beiden müssen sich ansehen wie argentinische Tangotänzer, also mit einem Blick, der Feuer, Stolz und Leidenschaft ausdrücken soll, dabei aber so komisch wirkt, daß ich Yash beinahe in mein Herz schließe.

Der Regisseur brüllt irgendwas auf indisch, Scheinwerfer werden heller oder dunkler gestellt, Filter ausgetauscht; der Kameramann tritt zu ihm, geht in die Hocke und hört sich an, was der Regisseur aus einem Stuhl heraus, an dem hinten ein kleiner Sonnenschirm befestigt ist, gestikulierend erklärt. Er schaut durch eine Art Lupe, die ihm um den Hals hängt, dann nickt er und ruft einer Frau, die in der Nähe des Zeltes steht, etwas zu.

Offensichtlich muß die Hauptdarstellerin anders geschminkt werden; sie verschwindet zusammen mit der Frau im Zelt und läßt Yash alleine im Licht stehen.

Der Kameramann sieht sich um. Er scheint etwas zu suchen. Sein Blick streift mich, Marlen, dann sieht er mich direkt an, ruft etwas und macht mit seiner Hand eine Bewegung, daß ich herkommen soll. Ich schalte auf stur und tue, als hätte ich nichts mitbekommen.

Der Regisseur ruft irgendwas, und der Kameramann packt mich am Arm. Die Art, wie er mich direkt vor Yashs feurigen Blick zerrt, legt den Schluß nahe, daß Frauen für ihn Wesen ohne Menschenwürde sind.

»This is for the light«, sagt er und lächelt schmierig. »Only a minute. Just stand here, don't move.«

Er nimmt mich bei den Schultern und schiebt mich in Position, dann zieht er mich ein bißchen runter, damit ich kleiner werde.

Meine Oberschenkel fangen an zu zittern, weil ich tief in die Knie gehen muß, um Yash von unten ansehen zu können, was ich natürlich nicht tue, um Marlen nicht unnötig gegen mich aufzubringen: Ein Lichtdouble wird ja nur gebraucht, um die Szene weiter ausleuchten zu können, während das Make-up der Darstellerin erneuert wird – und nicht, um einen oscarreifen Auftritt hinzulegen.

Der Kameramann sieht das anscheinend anders; er ruft zu uns rüber, Yash nimmt vorsichtig mein Kinn zwischen drei Finger und hebt meinen Kopf an.

Ich schließe die Augen. Spüre Marlens Blicke im Rücken. Tut mir leid, Marlen, denke ich. Tut mir leid, ich kann nichts dafür.

»Sieh mich an«, flüstert er dicht vor meinem Ohr, und ich erschrecke so sehr, daß ich die Augen weit aufreiße und mitten in Yashs lachendes Gesicht sehe.

Etwas durchfährt mich. (Wie Gänsehaut, Marlen, ich kann nichts dafür!) Und innerhalb einer einzigen Sekunde stelle ich mir drei Fragen: Woher kann er Deutsch? Was ist das für ein sonderbares Gefühl in meinem Bauch? Und wer zum Teufel ist Marlen?

15. Schwebstoffe

Jedesmal wenn Margit in die Nähe von Vus kleinem Gemüsestand kam, mußte sie lächeln: Wie eine eigene Atmosphäre beherrschte ein frischer Selleriegeruch den Raum zwischen den gut gefüllten Kisten und dem grünen Schirm, der Obst und Gemüse, Kräuter und Gewürze vor der Sonne schützte und bereits stark ausgeblichen war.

Vu legte gerade ein halbes Dutzend Äpfel in eine zerbeulte Blechschale. Als er sie kommen sah, zwinkerte er Margit zu; sein ganzes Gesicht verwandelte sich in ein Lächeln, bei dem jedem seiner winzigen Fältchen eine besondere Aufgabe zukam. Margit wartete, bis Vu die Äpfel in eine dünne grüne Plastiktüte verstaut und wie zur Dekoration noch mit einer Lauchstange versehen hatte, bis sich die Kundin vor ihr aus dem Schatten des Schirms gelöst und von der Sonne erfaßt worden war, überblendet in den Rest der Welt, dann trat sie näher.

»Madame.« Vu deutete eine leichte Verbeugung an, um bald darauf ein sorgenvolles Gesicht zu machen. »Die Gewürze kommen erst morgen«, sagte er, »frühstens. Der Lieferant hat Schwierigkeiten. So etwas wird hier kaum verlangt, sagt er, und er kann es nur möglich machen, weil Sie so viel bestellt haben. Es tut mir leid, Madame, ich habe alles versucht.«

Margit zog ihre Unterlippe zwischen die Zahnreihen. Sie sah Vu an und fragte sich, was sie jetzt tun sollte – und warum eigentlich ausgerechnet ein Vietnamese sie Madame nannte.

Die Zutaten waren die Hauptsache; sie hatte sich eingehend damit befaßt: Ohne die original Kräuter und Gewürze würde sie ihre Bemühungen nur um einen weiteren Fehlversuch bereichern.

»Schon in Ordnung, Vu«, sagte sie und bemühte sich zu lächeln. »Kriegen die Inder heute halt Putenbrust Madagaskar.« Sie reckte ihren Kopf mit gespieltem Stolz: »Die Spezialität des Hauses. Mit viel Mandeln, viel Curry und ordentlich Ananas und Bananen. Was meinst du?«

»Ich wußte, daß Sie es mit Humor nehmen«, sagte Vu und deutete erneut eine Verbeugung an.

Margit ließ ihre Hand in einen Sack voller Walnüsse fallen. Sie machten ein sanftes Geräusch, als sie in ihrer Hand gegeneinander rieben, und Margit inhalierte den Selleriegeruch, der ihr auf einmal leicht ätherisch vorkam.

»Morgen um halb elf«, sagte Vu. »Spätestens.«

Als sie aus dem Schatten des grünen Schirms trat, blendete die Sonne so sehr, daß Margit die Augen schließen mußte. Während des gesamten Wegs zum *Dorfkrug* bewegten sich diese schwebenden Fasern vor allem, was sie sah. Irgendwer hatte ihr mal erklärt, woher die kamen, aber Margit hatte den genauen Grund dafür vergessen. Sie wußte nur noch, daß es mit dem Fruchtwasser im Mutterleib zu tun hatte, daß die

Schwebstoffe irgendwie im Auge versiegelt waren, als ein Abbild des biologischen Urknalls; sie hatte den Gedanken immer gemocht.

»Und? Alles bekommen?« Joschi hatte bereits acht Vierertische zusammengeschoben, in U-Form, wie er es immer bei Gesellschaften tat, aber Hochzeiten und Beerdigungen wurden selten im *Dorfkrug* begangen. Wer etwas auf sich hielt, fuhr in den *Lindensaal*, zwei Dörfer weiter, und wer es sich gar nicht leisten konnte, behielt das Datum der Silberhochzeit für sich. Übrig blieben vereinzelte Feiern von Joschis besten Freunden, und entsprechend nervös schien ihr Chef, gleich zwanzig Leute bewirten zu müssen, von denen er zumindest vierzehn nicht kannte.

Margit deutete auf das Meißener Porzellan auf dem Tisch: »Wir erwarten hier nicht den Kaiser von China, Joschi!«

Der Wirt sah sie lange an. »Du hast die Gewürze gar nicht, oder?« Er kam zu ihr rüber und legte ihr einen Arm um die Schultern. »Du glaubst, ich merk nicht, was los ist. Aber so dumm bin ich nicht. Diese Sache mit dem Film ... ihm ist das alles zu Kopf gestiegen.«

Margit wandte sich ab. Sie hatte keine Lust, darüber zu sprechen.

»Komm mit.« Joschi ging voraus in die Küche. »Ich hab was für dich.«

Auf der Arbeitsplatte lagen Kartoffeln, Gemüse und eine große Tüte mit mehreren Päckchen, eingeschlagen in weißes Papier.

»Jeder das, was er am besten kann.« Joschi ließ seine Pranke auf die Holzplatte fallen. »Hab ich euch gestern schon gesagt. Erinnerst du dich?«

Margit sah sich in der Küche um. Sie wußte nicht, was sie davon halten sollte.

»Na komm«, sagte er. »In einer Stunde haben wir zwanzig hungrige Mäuler zu stopfen. Und wie ich dich kenne, wirst du dafür sorgen, daß die hier nie wieder weg wollen.« Er legte Daumen, Zeige- und Mittelfinger aneinander, küßte die Kuppen und ließ sie auseinander fliegen wie die Funken einer Wunderkerze. »Pack mal aus.« Joschi machte ein geheimnisvolles Gesicht. »Du wirst sehen, diesen Abend werden die ihr Leben lang nicht vergessen.«

16. Irgendwas mit Doris Day

Mit dem dritten Klingeln öffnet John-Boy endlich die Tür.

»Wer bin ich?«

Er überlegt. »Der beschissene Bär von Janosch auf dieser *Schenk ich Dir*-Postkarte.«

»Falsch!« Ich korrigiere meine Position und lasse die Topfpflanze in meinen Händen etwas sinken. »Einen Versuch hast du noch.«

John-Boy nimmt das Kinn in seine Hand wie die Denker in unserem Geschichtsbuch. »Peter Lustig von *Pusteblume*«, rät er, und allmählich werde ich sauer.

»Jetzt weiß ich's!« Er streicht mit dem Zeigefinger über meine Wange und präsentiert mir seine Fingerkuppe, an der etwas Goldstaub haftet. »Biene Maja!«

»Scheiße, nein.« Das Glitzerzeug muß Yash an seinen Händen gehabt haben. Oder an seinem Kostüm. Und ich werde auch noch rot.

»Laß uns reingehen«, sage ich. »Hab keine Lust, hier Wurzeln zu schlagen. Wo ist der Fliesenleger?«

»Wer?«

Ich gehe auf die Treppe zu, die hoch in sein Zimmer führt. »Na, dein Vater.«

John-Boy schließt die Haustür und kommt hinter mir her. »Wahrscheinlich im Baumarkt«, sagt er.

Hätte ich auch selbst drauf kommen können. Ich hebe die Blume vor mein Gesicht, drehe mich um und sage mit Grabesstimme: »*Feeeeed meeeee …*«

»*Feed me, Seymour, feed me all night long*«, steigt John-Boy singend ein, tänzelt blöde auf den Stufen rum und öffnet die Tür zu seinem kleinen Reich, das exakt so aussieht wie das Jugendzimmer eines Westmädchens in den Achtzigern: Kiefernmöbel, Pferdeposter von Medi&Zini und Leonardo-Gläser auf einem Wolke-Tablett. Ich habe es längst aufgegeben, mich zu fragen, ob er das ernst meint. Das beste ist, man versucht gar nicht erst, darüber nachzudenken, was John-Boy jetzt ernst meint und was nicht. Dann kann man 'ne Menge Spaß mit ihm haben.

John-Boy stellt eine Packung Kekse, Orangensaft, Cola und zwei kalte Hähnchenschenkel neben das Bett.

»Du bist wie eine Mutter zu mir«, sage ich und werfe einen Dartpfeil auf das David-Hasselhoff-Poster an der Tür.

»Aus welchem Film war das?« Er stellt seine Kompaktanlage an und startet eine Kassette.

»Keine Ahnung.« Ich zucke mit den Schultern. »Irgendwas mit Doris Day und Rock Hudson.« Im Filmeraten hat John-Boy meistens recht. Nur im Fernsehserien-Erkennungsmelodie-Raten sieht er alt gegen mich aus.

John-Boy lacht. »Wie war's bei den Indern? Hat deine Freundin den Staub geküßt, durch den die Füße ihres Helden gewandelt sind?«

»Spar dir den Oberstufen-Humor«, sage ich und überlege, warum die Kassette nicht losgeht. Das Vorlaufband kommt mir endlos vor, weil ich plötzlich wieder an Yash denken muß, an Marlen und daran, daß ich meiner Mutter versprochen habe, in spätestens einer Stunde im *Dorfkrug* zu sein, um ihr mit dem Essen zu helfen.

Ich will nicht, daß Yash mich wieder so ansieht. Ich will nicht, daß Marlen auch in den *Dorfkrug* kommt und mir eine Szene macht. Ich will mich in John-Boys Baywatch-Bettwäsche vergraben und warten, bis alles vorbei ist.

»*Weird*«, sage ich, weil ich weiß, daß er das mag. *Weird* und *bizarre* gehören zu seinen Lieblingsadjektiven.

John-Boy lächelt.

»Warum geht eigentlich die Kassette nicht los?« frage ich, damit er nicht auf die Idee kommt, weiter nachzubohren, und diesmal funktioniert es: John-Boy steht auf, nimmt seine Anlage in Augenschein und löst die Pause-Taste. Dazu schnalzt er mit der Zunge und schüttelt den Kopf. »Wo bin ich nur immer mit meinen Gedanken«, sagt er und imitiert damit wahrscheinlich seinen Großvater.

Mich hingegen beschäftigt die Frage ernsthaft. Sie beunruhigt mich sogar ein bißchen, weshalb ich extra versuche, an etwas anderes und völlig Abwegiges zu denken, nämlich an die Meise, die neuerdings an meinem gekippten Fenster vorbei ins Zimmer fliegt und Stück für Stück unser Haus zerlegt: Sie reißt die Tapete runter, in kleinen Fetzen, und pickt den Putz raus, vermutlich, um sich selbst ein Nest zu bauen und darin ihre Kinder großzuziehen.

Dann geht plötzlich die Kassette los, »*wir sind die besten Freundeeeeee…*«, und ich reibe mir vorsichtig über die Wange, um festzustellen, ob noch mehr von dem Goldstaub hängengeblieben ist.

»John-Boy«, frage ich, als die erste Seite der Fünf-Freunde-Kassette vorbei ist, »würdest du sagen, daß du mich liebst? Daß ich die wichtigste Person in deinem Leben bin und du alles für mich tun würdest?«

John-Boy sieht mich an wie ein Lehrer, der nicht fassen kann, daß ausgerechnet die Klassenbeste diesmal die schlechteste Arbeit geschrieben hat.

»Nimm mein Hähnchen, wenn du willst«, sagt er. »Kann sein, daß du etwas unterzuckert bist.«

Da könnte er recht haben. Wenn ich so darüber nachdenke, waren die beiden Toasts mit Himbeermarmelade heute morgen das letzte, das ich zu mir genommen habe.

Ich greife nach dem Hähnchenschenkel und beiße ein Stück ab. Wenigstens hat Lutz keine Fotos machen dürfen, denke ich. Natürlich ist er sofort mit seiner Kamera auf uns zugestürzt, als ich mit Yash im Scheinwerferlicht stand. Aber der Regisseur ist augenblicklich dazwischengegangen und hat ihm das Ding aus der Hand gerissen. Ob er wahnsinnig sei, hat er in seinem selbstgefälligen Englisch geschrien, ob er denn nicht wisse, was passiere, wenn so ein Foto in die falschen Hände gelange? Was das für das Marketing und den Erfolg des Films bedeuten könne? Ein Foto von Yash Dhawan – zusammen mit einem deutschen Dorfmädchen?

John-Boy dreht die Kassette um. »Alles klar bei dir?«

Ich nicke.

»Charlie?«

»Mhm.«

»Ich liebe dich«, sagt er. »Du bist die wichtigste Person in meinem Leben. Und ich würde alles für dich tun.«

Ich sehe ihn an. John-Boy drückt auf *Start* und zwinkert mir zu, während Julian, Dick und Anne von Georges Mutter zum Essen gerufen werden. Ich schlucke den Bissen runter, spüle mit etwas Cola nach und komme mir auf einmal sehr erwachsen vor.

17. Vierzehn Freunde haben Hunger

Das hatte ihm gerade noch gefehlt.

Franz nickte, aber das war mehr ein Automatismus als eine Bestätigung. Hätte er sich ja denken können, daß irgendwann so was käme: Er hatte von selbstherrlichen Bollywood-Regisseuren gelesen, die kurz vor Mitternacht noch mal den Organisator vor Ort antanzen ließen, um ihm aus ihrem prunkvollen Hotelbett spontan mitzuteilen, daß am nächsten Morgen übrigens ein idyllischer See, ein knallrotes Schnellboot und vier Taucher benötigt würden. Er hatte den Kopf geschüttelt über derart logistisches Unvermögen und das dreiste Selbstverständnis, mit dem solche Wünsche geäußert wurden, doch am Ende seiner Vorbereitungen hatte er die schlimmsten Szenarien durchgespielt und für jedes Problem eine Lösung gewußt.

Für das aktuelle Problem wußte er keine Lösung.

Er starrte noch ein bißchen auf die Sonne, die gerade hinter dem Berg versank und die Giebel der Häuser in glutrotes Licht tauchte. Bäume wischten vorbei, die Limousine vor ihnen leuchtete im verlöschenden Tageslicht, und Franz fühlte sich wie ausgehöhlt.

»No problem for you my friend, eh?«

Zwischen Rahuls reichlich beringten Fingern qualmte eine Zigarre, und Franz inhalierte den Geruch mit geschlossenen Augen: Im Moment war ihm jede Form von verbranntem Tabak recht. Noch einmal rief er sich ins Gedächtnis, was Rahul da eben von ihm verlangt hatte: Das gesamte Dorf sollte sich in vier Tagen auf der Lichtung am Hang einfinden, und zwar komplett als Inder verkleidet. So spare man das Geld für indische Statisten, hatte Rahul gesagt und dazu so herzhaft gelacht, daß sein Bauch auf und ab gehüpft war. Schließlich komme die große Hochzeitsszene am Ende nicht ohne jubelnde Hochzeitsgesellschaft aus, das müsse er doch verstehen.

Franz hatte verstanden. Aber trotzdem keine Ahnung, wie er mehr als eine Handvoll Dorfbewohner dazu bringen sollte, sich in aller Herrgottsfrühe auf dieser Wiese zu versammeln, um einem heiratswütigen Bollywood-Paar zuzujubeln. Noch dazu in indischen Kostümen.

Kurz sah er die Frau des Bürgermeisters im Sari vor sich, mit einem roten Punkt auf der Stirn, Margit beim Bauchtanz, Joschi auf einem Nagelbrett.

Natürlich werde man sich in angemessener Weise erkenntlich zeigen, hatte Rahul gesagt, das verstehe sich ja von selbst, aber Franz hatte es nicht mal für nötig gehalten nachzufragen, ab welcher Summe denn in Indien die Erkenntnis anfange. Er war einfach zu sehr damit beschäftigt gewesen, sich seine Verzweiflung nicht anmerken zu lassen und gleichzeitig eine Lösung zu finden.

Marlen, dachte er plötzlich: Er würde alles an Marlen delegieren! Zwar steckte sie gerade mitten in den Abiturvorbereitungen, genau wie seine Tochter, aber so ein bißchen Schminken, Frisieren und Schneidern würde ihr sicher Spaß machen. Sie kannte sich mit diesen Filmen aus wie niemand sonst, und wenn er sich recht erinnerte, hatte sie sowieso immer was mit Mode machen wollen. Und einem kleinen Feriengeld wäre sie bestimmt nicht abgeneigt.

Für ihn selbst bliebe dann nur noch die Überzeugungsarbeit – und damit der unangenehmere Teil der Aufgabe. Aber irgendwie würde er das hinbekommen. Zur Not würde er die Leute eben mit Freibier locken. Einer kleinen Party im *Dorfkrug*. Vermutlich würde schon eine gegrillte Wurst reichen. Schließlich hatten die meisten sowieso nicht mehr viel zu tun, seit man selbst die Räuchermännchen-Manufaktur dichtgemacht hatte.

Allmählich sah er wieder Land. Und vor allem sah er schon den *Dorfkrug*, am Ende der Straße. Für das, was er heute geleistet hatte, hatte er sich eine Belohnung verdient. Das einzige, das er den ganzen Tag zu sich genommen hatte, waren die Begrüßungsschnäpse gewesen, heute morgen auf der Bühne.

»I will make it possible.« Franz zeigte Rahul den aufgerichteten Daumen: »In four days Sillberg will be all India.«

Rahul quittierte Franz' Antwort mit einem markerschütternden Gelächter, und wie immer wußte Franz nicht, weswegen er lachte: Ob es mit seinem Englisch zu tun hatte, oder ob sich der Regisseur einfach darüber freute, in ihm einen so vertrauenswürdigen wie zuverlässigen Partner gefunden zu haben.

»Very good, my friend«, lachte Rahul, »really good.«
Selbst nachdem sie den Parkplatz erreicht hatten, lachte Rahul weiter, und strenggenommen hörte er erst damit auf, als das Essen gebracht wurde.

Alle hörten mit dem auf, was sie taten, als das Essen gebracht wurde. Sie hatten an der großen Tafel Platz genommen, Franz saß genau zwischen dem Bürgermeister und Rahul: eingerahmt von den wichtigsten Leuten, flankiert von Anerkennung und Macht. Wie ein Feldherr stand Joschi an der Stirnseite der Tischkonstruktion und beobachtete stolz, wie Margit und Charlotte im Gänsemarsch aus der Küche kamen. Jede von ihnen balancierte vier dampfende Teller, und Franz wunderte sich, was für einen professionellen Eindruck seine Tochter dabei machte.

»Die Spezialität des Hauses!« Joschis Wangen sah man an, daß er bereits ein paar Schnäpse intus hatte; er rieb sich die Hände und warf Franz einen herausfordernden Blick zu.

Irritiert von der plötzlich eingetretenen Stille sah Franz von Joschi zu Rahul, der mit offenem Mund dasaß und auf die Teller starrte. Von Rahul sah er langsam in die Runde und dann auf das Essen, das jetzt vor den Schauspielern, dem Kameramann und dem Bürgermeister abgesetzt wurde.

Er brauchte einen Moment, um zu begreifen.

»Das ist nicht dein Ernst«, flüsterte Franz, sprang auf und wußte nicht, ob er zuerst zu Joschi oder zu seiner Frau laufen sollte. Er entschied sich für Joschi.

»Bist du wahnsinnig?« Er packte ihn am Arm. »Wessen Idee war das. Deine?«

Joschi trat einen Schritt zur Seite und verschränkte die Arme. »Es sind meine Gäste«, sagte er. »Und ich weiß am besten, was meinen Gästen schmeckt!«

Franz war fassungslos. Er lief von Joschi zur Theke und wieder zurück, dann ging er um den Tisch herum und folgte seiner Frau, die vermutlich weitere Teller holen wollte, in die Küche.

»Margit!«

Auf der Arbeitsplatte standen die restlichen Portionen. Charlotte war gerade dabei, das Fleisch mit Sauce zu übergießen.

»Margit, das glaub ich nicht! Habt ihr euch gegen mich verschworen?!«

Charlotte wandte sich um: »Mach mal halblang, Papa. Worüber regst du dich so auf?«

»Das ist RINDFLEISCH!« brüllte er los, »und das da drinnen sind INDER, versteht ihr? – Das ... das ist der ...«

»... der spirituelle Super-GAU?« versuchte Charlotte und entzündete damit den Funken, den er noch brauchte.

Franz nahm einen Teller und schleuderte ihn durch die Küche. Er zerplatzte an der Wand, klirrte in Stücken auf die Fliesen; Gemüse, Kartoffeln, Fleisch segelten umher, landeten klatschend auf dem Boden, Sauce spritzte.

Ein Blitz traf ihn mitten ins Gesicht. Franz kniff die Augen zusammen.

Lutz.

Lutz Haas erdreistete sich, JETZT Fotos zu machen.

Franz stürzte auf ihn zu, trat dabei auf ein Stück Fleisch und rutschte ihm direkt in die Arme. Er bekam die kleine Digitalkamera zu fassen, riß sie ihm aus der Hand, wickelte sich die daran baumelnde Schnur um die Finger und knallte die Kamera mit voller Wucht auf die Arbeitsplatte.

Franz spürte, wie Lutz ihn von hinten umklammerte und dabei einen hohen, unartikulierten Laut ausstieß, der irgendwie weibisch klang. Er schüttelte den Reporter ab und hieb ihm den Ellenbogen rückwärts gegen die Schläfe. »Hau ab!« schrie er. »Laß dich hier nie wieder blicken!«

Lutz nahm wimmernd die Kamera an sich, die jetzt voller Steaksauce war, wischte sie notdürftig mit dem Ärmel seines Jacketts ab und verschwand wie ein geprügelter Hund aus der Küche.

Im selben Moment erschien Joschi im Türausschnitt. Er schien etwas sagen zu wollen, doch dann blickte er nur in der Küche umher wie ein Zoobesucher, der vor einer dicken Glasscheibe steht und Affen beobachtet, die etwas völlig Unglaubliches tun. Blitzschach gegen eine Handvoll Erdferkel spielen. Oder die chemische Formel für die Reaktion von Silbernitrat mit Phosphorsäure an die Tafel schreiben.

Franz bemerkte, wie weiß Joschis Gesicht geworden war. Er wußte, was das bedeutete. Und er wußte, daß es besser war, etwas zu unternehmen.

»Hör mal ...« Er ging einen Schritt in seine Richtung,

aber Margit kam ihm zuvor und legte dem Wirt eine Hand auf die Brust.

»Ich bring das in Ordnung«, sagte sie. »Mach dir keine Sorgen.«

Joschi blitzte Franz aus kleinen Schweinsäuglein an: »Die Sorgen sollte sich auch besser jemand anderes machen.«

Erst jetzt nahm Franz wahr, wie sehr sein Freund sich rausgeputzt hatte: Er trug eine schwarze Hose, ein frisch gestärktes Hemd und hatte sich eine glänzende Lederschürze umgebunden. Das lichte Haar klebte ihm nicht wie sonst in zufälligen Strähnen am Schädel; er hatte es gewaschen und sorgfältig nach hinten gekämmt.

»Die Gewürze kommen erst morgen.« Margit sah an Franz vorbei, und er hatte nicht den Eindruck, daß sie seinem Blick aus Verlegenheit auswich. »Was sollte ich denn tun?«

»Ihr hättet mich fragen müssen«, sagte Franz. »Jeder in deinen Augen mißratene Versuch wäre besser gewesen als das hier.« Er machte eine vage Handbewegung durch die Küche. »Für Inder ist das die höchste Form der Beleidigung: Kühe sind heilig, und Heilige darf man nicht essen.«

Joschi lachte. »Wie hätten wir dich denn fragen können? Du warst doch den ganzen Tag mit deinen Filmleuten unterwegs. Für solche Momente hättest du dir mal doch besser ein Handy besorgt.«

Franz sah zu Boden. Joschi hatte es bestimmt nicht böse gemeint. Und daß er keine Ahnung von indischer

Kultur hatte, konnte man ihm nicht zum Vorwurf machen. Er selbst hatte sich sein Wissen schließlich auch erst anlesen müssen.

Franz sah die Schlagzeile des nächsten Tages schon vor sich:

Tourismus-Chef vergrault ausländische Gäste – Wirtschaftliche Zukunft des Dorfes endgültig ruiniert.

Und das alles nur, weil er Hunger hatte. Beißenden, schmerzenden Hunger.

Franz nahm eine Kartoffel von der Arbeitsplatte und schob sie sich in den Mund. »Tut mir leid. Ich geh raus und rede mit den Leuten.«

»Spar dir die Mühe.« Joschi hielt ihn zurück. »Sie sind weg.«

»Alle?«

»Nein. Der Bürgermeister ist noch da und läßt sich sein Steak schmecken. Eine gute Idee, finde ich: Da draußen stehen noch ein paar Portionen. Und deine Frau hat sich mächtig ins Zeug gelegt.«

Als Franz den Gastraum wieder betrat, fiel ihm nun auch hier auf, wie liebevoll alles zurechtgemacht war: Auf dem Tisch standen frische Blumen, Kerzen brannten in kristallenen Haltern, und vor jedem Teller lag ein Weidenzweig mit einer kleinen geschnitzten Figur.

Der Bürgermeister hatte sein Steak schon halb aufgegessen. Er würdigte Franz keines Blickes.

»Bier für alle?« fragte Joschi.

»Geht auf meine Rechnung«, sagte Franz und drückte

sanft die Hand seiner Frau. Dann nahm er sich schnell ein Steak vom Teller, biß ein paarmal ab und schnappte sich seine Jacke: »Laßt es euch schmecken. Aber ich muß das jetzt irgendwie in Ordnung bringen.«

Er sah Joschi hinter sich herlaufen, aber Franz hatte keine Zeit für Diskussionen. Er mußte mit Rahul sprechen, bevor es zu spät war.

18. Nummer 43 mit Schafskäse

Mir ist nach allem möglichen. Aber bestimmt nicht nach Bürgermeister, Bratkartoffeln und Bier. Mir ist nach einem knappen Dutzend anständig gefüllter Gläser Batida-Kirsch, genossen in stolzer Einsamkeit. Nach einer leicht angebrannten Steinofen-Pizza, dazu die einschmeichelnden Klänge der »Best of Pizzeria«-Kassette, die ich auswendig kann: Umberto Tozzi, Eros Ramazotti, Julio Iglesias. In dieser Reihenfolge. In exakt derselben Reihenfolge, in der diese Lieder in jedem italienischen Restaurant Deutschlands gespielt werden, inklusive einiger wohldosierter Stilbrüche: »It's Raining Men« von den Weather Girls und »I Will Survive« von Gloria Gaynor. Da sage noch mal einer, es gäbe keine Annäherung zwischen Ost und West.

In der Atmosphäre des *Venezia* üben Gloria Gaynor

und die Weather Girls allerdings einen ganz besonderen Reiz aus, der mich jedesmal fast zum Lachen bringt: Trotz chronischer Minuskulisse macht die Thekenkraft (die übrigens *Annabel* heißt, genauso wie die Eisdiele wirklich *Venezia*, der *Dorfkrug* wirklich *Dorfkrug* und das Hotel wirklich *Bergblick* heißt) einen ständig überforderten Eindruck, und obwohl Lieder wie »It's Raining Men« und »I Will Survive« für Leute wie Annabel erst geschrieben worden sind, nimmt sie sie gar nicht mehr wahr. Sie sind so sehr Bestandteil ihres Arbeitsumfeldes geworden, daß sie sie vermutlich genauso hört, wie sie den Zapfhahn, die Stühle und die Gäste sieht: mit Sinnen, die stumpf geworden sind, die nur noch registrieren, auf einer Ebene, die parallel zu ihrem Wachbewußtsein verläuft (falls Annabel über so etwas wie ein Wachbewußtsein verfügt).

»'n Abend«, sage ich, als ich die schwere Holztür nach innen drücke.

Es sind nur zwei Tische besetzt, ich habe die freie Auswahl und entscheide mich für einen Platz zwischen Theke und Klo, direkt am Fenster. Annabel blickt nicht mal auf; sie hat gerade alle Hände voll damit zu tun, ein Bier zu zapfen. Aus der winzigen Box über dem Durchgang zum Billardraum kommt »*Musica è*«. Ein wundervoller Abend für Eros Ramazotti, denke ich und schlage die Speisekarte auf, in der ich sogar die Rechtschreibfehler auswendig kann. In die Speisekarte zu sehen, ist also völlig unnötig. Es ist sogar doppelt unnötig, weil ich genau weiß, was ich will. Ich nehme immer dasselbe: Nummer 43 mit Schafskäse statt mit Champignons.

»Kannst du was empfehlen?«

Ich sehe hoch.

»Ach du Scheiße.«

»Nette Begrüßung.«

Ich dachte, ich hätte das nur gedacht. Aber ich habe es wohl auch gesagt.

Ich schüttele den Kopf. »Das meinte ich nicht.«

»Ich auch nicht. Ich hab Hunger. Dein Vater hat uns Gutscheine für die Hotelbar gegeben. Aber da gibt's jetzt nur noch Erdnüsse.«

»Mein Vater ist manchmal ein Ochse.«

»Ja«, lacht er. »Das war das Problem.«

Da steht er vor mir. Als hätte ich ihn herbeigedacht, denke ich, obwohl ich mir die ganze Zeit vorgemacht habe, mich mit anderen Dingen zu beschäftigen.

»Und wo ist dein Team?« frage ich. »Was essen die?«

»Das Leibgericht von Rahul und meinen Leibwächtern: Whisky. Die Gutscheine deines Vaters waren sehr ... großzügig. Die haben nicht mal mitgekriegt, daß ich gegangen bin.« Ich mag seinen Akzent, es klingt angenehm.

»Woher kannst du eigentlich so gut deutsch?« frage ich überflüssigerweise und schäme mich noch im selben Moment dafür.

»Yash Dhawan.« Er deutet eine Verbeugung an und setzt sich mir gegenüber.

»Ich weiß«, sage ich, »meine Freundin ... ich habe ein paar Filme ...«

Er nickt. Er mißversteht mich.

»Nein«, sage ich, »ich bin kein Fan oder so.« (Und warum wirst du dann rot? Warum verhältst du dich wie ein Schulmädchen nach dem Pausengong, obwohl du diesen Typen eigentlich nur peinlich finden wolltest?)

»Verstehe.« Er lächelt.

Ich sehe in die Karte. Ich werde mich hinter dieser Karte verstecken, bis ich nicht mehr rot bin.

»Mein Vater war Diplomat«, sagt er. »Ich bin ein bißchen rumgekommen damals.«

Er lacht. Er entblößt dabei zwei wunderschöne Zahnreihen.

»Charlie Luckhalter«, sage ich, als ich merke, daß sich meine Gesichtsfarbe wieder normalisiert hat, »aber meine Feinde nennen mich Charlotte.«

»Kannst du was empfehlen, Charlie? Ich hab Hunger.«

Das verstehe ich. Trotzdem überlege ich, ob ich ihn auffordern soll, den Tisch zu verlassen. Ob ich es unverschämt finden soll, daß er sich einfach zu mir gesetzt hat. Und ob er mich vielleicht wirklich für einen Fan hält, wenn ich es nicht tue.

»Nummer 43«, sage ich. »Mit Schafskäse statt mit Champignons. Die Champignons schmecken hier nicht.«

Yash wirft einen Blick in die Karte und zieht die Augenbrauen zusammen, was – Entschuldigung – irgendwie niedlich aussieht.

»Pizza Don Corleone?«

»Ich hab mir die Namen nicht ausgedacht.«

»Und die Musik?«

Ich fange blöde an zu kichern und frage mich nicht zum ersten Mal, was eigentlich los ist mit mir.

»Was hört ihr denn so in Indien?« (*Ihr! In! Indien!* – Gottnochmal, halt's Maul, Charlie, halt um Himmels willen endlich dein blödes Maul!)

Er lacht. Kann ich ihm nicht verübeln. Hätte ich auch gemacht, wenn mich jemand so was gefragt hätte.

Ich sehe seine Zähne. Schöne Zähne, denke ich. Der beste Beweis dafür, daß ich spätestens jetzt auf dem geistigen Stand einer Tiefseeanemone angekommen bin.

»Ja, weißt du …« Er streicht sich übers Kinn. Schönes Kinn, denke ich zur Abwechslung mal, »wir haben ja keinen Strom. In Indien sind alle sehr arm. Wir haben nur, was uns die Erde täglich gibt. Einfache Instrumente. Tonkrüge als Trommeln, Knochen als Schlagstöcke …«

Ich starre ihn an. Mit offenem Mund, wie mir auffällt. Schnell mache ich den Mund wieder zu.

Echt? will ich fragen, weil er nichts mehr sagt und weil er weiter reden soll, irgendwas, aber dann taucht plötzlich wie aus dichtem Nebel der Sinn seiner Worte vor mir auf, und ich steige gerade noch rechtzeitig auf die Bremse.

»Du verarschst mich?«

»Ich verarsche dich.« Yash grinst.

Ob wir uns schon entschieden hätten, will Annabel wissen.

»Zweimal Nummer 43«, sagt Yash. »Mit Schafskäse statt mit Champignons. Die Champignons schmecken hier nicht, habe ich gehört.«

Alle Achtung. Das war groß. Hätte ich gar nicht von ihm gedacht.

Natürlich reagiert Annabel nicht darauf. Sie registriert nur das, was für sie wichtig ist: Zweimal Nummer 43, mit Schafskäse statt mit Champignons. Und genau das schreibt sie in ihren Block, ... *mit Schafskäse statt mit Champignons.* Wie sie *Champignons* schreibt, verrate ich besser nicht.

»Und zu trinken?«

Das hätte ich bei all der Aufregung fast vergessen. Kann ich in Yashs Gegenwart Batida-Kirsch trinken? Ist das nicht pubertär? Oder kennt er so was gar nicht?

Yash jedenfalls ordert einen doppelten Whisky ohne Eis, und ehe ich weiß, wie mir geschieht, höre ich mich dasselbe bestellen.

Er zieht eine Augenbraue hoch und sagt, daß er es toll findet, wenn Frauen Whisky trinken, und da finde ich es plötzlich gar nicht mehr schlimm, daß ich keine autonome Getränkebestellung aufgegeben habe.

»Und eine große Flasche San Pellegrino!« rufe ich Annabel hinterher, weil ich noch nie Whisky getrunken habe und nicht weiß, wo mich das hinführen wird.

Dann jedoch passiert etwas Entsetzliches: Irgendwie reißt für einen Moment der *flow* unseres Gespräches ab, jedenfalls scheint keinem von uns mehr was einzufallen, und je verkrampfter ich mich darauf konzentriere, jetzt unbedingt etwas Geistvolles von mir geben zu müssen, desto unfähiger werde ich, *überhaupt* was zu sagen.

Bevor die kritische Grenze erreicht ist, an der mir der

kalte Schweiß im Nacken ausbricht und ich entweder rot oder weiß werde, sage ich, ohne zu denken: »Warum steckst du den Frauen in den Filmen eigentlich immer Blumen ins Haar?«

Yash sieht mich belustigt, überrascht und ernsthaft zugleich an, falls das geht. Er beginnt eine vermutlich sehr fundierte Abhandlung über das Wesen des Bollywood-Films; ein Vortrag, an dem mich vor allem zwei Aspekte interessieren, nämlich seine Stimme und die Bewegungen, die seine Hände dazu ausführen.

Daß ich die inhaltliche Seite vernachlässigt habe, merke ich erst, als seine Stimme aufhört und er mich fragend ansieht. Anscheinend ist er fertig und erwartet, daß ich einen Kommentar abgebe, also tue ich ihm den Gefallen, ich sage wörtlich: »Das ist ja interessant.«

Glücklicherweise bringt Annabel in diesem Moment die Getränke.

Yash hebt sein Glas und sieht mich über den Rand an. »Du hast heute für mich im Licht gestanden.«

Eine ferne Ahnung sagt mir, daß ich kurz davor bin, ihn aus großen Augen anzuhimmeln, also hebe ich schnell mein Glas, versuche ein professionelles Lächeln und stürze die hellbraune Flüssigkeit runter, ohne einzuatmen.

Der Whisky hinterläßt ein Gefühl wie Sodbrennen: Ich begreife meine gesamte Anatomie, von der Zunge über den Rachen, durch die Speiseröhre bis in den Magen, und zwar besser, als mir das dieser aufgeschnittene Plastikmensch, den wir in Biologie immer benutzen, jemals vermitteln konnte.

Um nicht weibisch zu husten oder das Gesicht zu verziehen, frage ich ihn schnell, wie der Flug war, wie er es hier findet und solche Sachen; er antwortet pflichtschuldig und fragt seinerseits Dinge, die ihn vermutlich nicht interessieren.

Allmählich breitet sich eine angenehme Wärme durch meinen Körper. Die Pizzen kommen, wir bestellen noch mehr Whisky, und am Ende esse ich sogar noch den verbrannten Rand seiner Pizza, den er abgeschnitten hat, weil er den nicht mag, genau wie Marlen, aber das erzähle ich ihm nicht. Ich erzähle ihm stattdessen, daß wir uns prächtig ergänzen, weil nie etwas übrigbleiben wird, wenn wir zusammen essen; wir bestellen noch zwei Kaffee und zwei Grappa, dann entlassen wir Annabel in den wohlverdienten Feierabend.

»Sehe ich dich morgen?« fragt er, als wir im Schutz der Tannen vor seinem Hotel stehen.

»Sicher«, sage ich, weil es kaum möglich sein wird, ihm aus dem Weg zu gehen, aber da begreife ich, daß er das anders gemeint hat. Er lächelt und streicht mir durchs Haar; eine Berührung, die ich auch dann noch spüre, als ich nach Hause komme und auf Zehenspitzen ins Bett schleiche, mir die Decke bis unters Kinn ziehe und die Augen schließe. Alles dreht sich.

19. Das Periodensystem der Elemente

Marlen sah schon von weitem, daß Charlie nicht damit rechnete, sie hier anzutreffen. Der Chemiekurs war an diesem Morgen nur mäßig besucht, über die Hälfte der Bänke war leer, aber ihre Freundin bewegte sich durch den Raum wie der Stargast des heutigen Tages: Sie hatte ihr allergefährlichstes Delphinlächeln aufgesetzt und klatschte im Vorübergehen sogar ein paar Hände ab, was sonst überhaupt nicht ihre Art war.

Marlen beugte sich unter die Tischplatte und tat, als würde sie in ihrer Schultasche etwas suchen. Sie hatte allen Grund, der plötzlich erwachten Menschenliebe ihrer Freundin zu mißtrauen.

»Was machst *du* denn hier?«

Marlen tauchte wieder auf: »Oh, danke, gut, und dir?«

Charlie schien wirklich schockiert zu sein, sie hier zu sehen, und das bestätigte Marlens finsterste Vermutungen.

»Warum bist du nicht beim Dreh?« Charlie stellte die Tasche ab.

Im Raum roch es nach Brom und nach verbranntem Holz, wie immer, aber heute roch es vor allem nach Alkohol. Marlen brauchte eine Weile, um herauszufinden, daß der Geruch weder aus einem der schlecht gespülten Reagenzgläser vor ihr noch aus einer der unverschlossenen Flaschen auf dem Regal kam.

»Hast du gestern noch gefeiert?« fragte sie möglichst beiläufig, und Charlie schien den Köder zu schlucken: Die Brauen leicht zusammengezogen, die Mundwinkel gekräuselt in einer Mischung aus Erstaunen und Ekel signalisierte ihr Gesicht jene Art von gespielter Empörung, die für Marlen einem Schuldeingeständnis gleichkam.

»Was soll *ich* denn bitte *gefeiert* haben? Daß sich mein Vater vor den Augen aller zum Affen gemacht hat?«

Marlen erinnerte sich an den Job, den Franz Luckhalter ihr angeboten hatte. Eine ziemlich verrückte Sache, aber schließlich hatte sie zugesagt, weil sie dadurch noch mehr in diese Filmgeschichte einbezogen und für Lutz zu einer unverzichtbaren Informationsquelle werden würde. Er hatte gar keine andere Wahl, als ihr im Gegenzug so schnell wie möglich den Kontakt mit Yash herzustellen. Gestern abend hatte er sogar gemeint, daß das Interview heute schon klappen könnte.

»Hast du schon Zeitung gelesen?« Marlen zog die zusammengefaltete Doppelseite aus ihrer Tasche. Charlie nahm ihr den Lokalteil aus der Hand und betrachtete das große Foto ihres Vaters, der zusammen mit dem Regisseur und dem Bürgermeister auf der Rathausbühne stand. Sie stießen lachend an, die Brille des Regisseurs funkelte in der Sonne, und über dem Bild stand:

Sillberg im Bollywood-Rausch:
Größte Filmindustrie der Welt für eine Woche
zu Gast im Erzgebirge

Schnell blätterte Charlie um: Eine Fotostrecke von »Lokalreporter L. Haas«, die sich über die gesamte Doppelseite breitete. Die Bilder zeigten das Bollywood-Team vor den noch unbeschädigten Limousinen, Yash und seine Filmpartnerin beim Dreh, kostümiert vor der schneeweißen Kuppe; den Regisseur mit seinem Kameramann, Franz, stolz eine Filmklappe präsentierend, scherzend mit dem Oberbeleuchter, dann wieder neben dem Bürgermeister, gegen das *SillbergTravel*-Mobil gelehnt, die Daumen nach oben gereckt.

Was die Bilder nicht zeigten, fand Marlen jedoch weitaus interessanter: Es waren keine zerbeulten Kühlerhauben zu sehen, keine verärgerten Inder und kein Franz Luckhalter, der bäuchlings auf der Bühne lag.

»Verstehst du das?«

Charlie schüttelte den Kopf. Wahrscheinlich war sie dankbar, das Thema wechseln zu können. Aber so einfach würde sie es ihr nicht machen.

Unglücklicherweise betrat ausgerechnet jetzt Erwin Kalvelage den Raum. Erwin Kalvelage hatte ein Auge auf Marlen geworfen. Nicht so heimlich allerdings wie die meisten seiner Kollegen. Es kam vor, daß er eine Reaktionsgleichung an die Tafel schrieb und sagte: »Ich glaube, wir nehmen heute mal Marlen. Marlen hat Grübchen, wenn sie lächelt, und sie lächelt immer, wenn sie was nicht weiß«, und wenn sie dann zurück an ihren Platz ging, spürte sie die ganze Zeit seine Blicke auf ihrem Arsch.

Während er die Mädchen ausschließlich beim Vornamen nannte, fügte er dem Nachnamen der Jungen ausnahmslos den Beruf des Vaters hinzu – vorausgesetzt, der Vater hatte noch einen Beruf: *Ausgeschlafen, Auto Krause? Alles klar, Bauzement Mönnig?*

Charlie nannte ihn immer *Erwin, die Nazi-Sau*, und Marlen vermutete, daß sie diese unreflektierte Aussage stumpf von Kriegler übernommen hatte, der einmal beobachtet haben wollte, wie Herr Kalvelage mit seinem Luftgewehr auf die Katze des Nachbarn geschossen hatte.

Jetzt jedoch schien ihre Freundin erleichtert, den Chemielehrer, weiß wie ein Laken, in seinem fleckigen Kittel hereinflattern zu sehen. Er blickte mit seinen Basset-Augen in die Runde, verbeugte sich wie ein Theaterschauspieler und fuhr sich mit Kreidestaubhänden durchs Haar. »Der Ditartrato-kuprat-(I)-Komplex.« Herr Kalvelage knetete sein Gesicht, als wollte er es neu modellieren, und begann, die Verbindung an die Tafel zu zeichnen. »Wer vervollständigt die Struktur?«

Marlen starrte auf das mit Löchern und Brandflecken übersäte Periodensystem der Elemente, das links von ihr an einem hölzernen Kartenständer hing. *H-Li-Be-Na* sang sie in ihrem Kopf vor sich hin und hoffte, daß sich endlich jemand meldete.

»Metzgerei Kleinschmidt?«

Fe-Cu-Ni-Cu…

Charlie stand auf.

Marlen hatte immer gedacht, daß es ungläubiges Schweigen nur in schlechten Büchern gab. Aber dieses Schweigen hier war tatsächlich ungläubig: Charlie war in Chemie mit Abstand die Schlechteste, sie hatte noch nie etwas im Unterricht gesagt, und ausgerechnet *diese* Charlie Luckhalter ging jetzt nach vorne und schickte sich an, die Struktur des Ditartrato-kuprat-(I)-Komplexes zu komplettieren.

Da mußte etwas anderes hinterstecken: Entweder hatte sie nur auf den erstbesten Vorwand gewartet, um von hier weg zu kommen (und damit ihren Fragen zu entgehen), oder sie war größenwahnsinnig geworden. Beide Möglichkeiten hatten für Marlen ein- und dieselbe Ursache: Ihre Freundin Charlie hatte sich verliebt. Und sie kannte mindestens eine Person hier im Raum, die ihr das nicht von Herzen gönnte.

20. Corvette

»No problem, my friend, but no more mistakes, eh?«

Franz klemmte den Hörer zwischen Schulter und Ohr und legte die ungeöffnete Zigarettenschachtel zurück in die Schublade. Er gab der Schublade einen Stoß, um sie sofort danach wieder ruckartig aufzuziehen: Der Visitenkartenturm stand wie zementiert.

Franz lächelte. Während des gesamten Gesprächs hatte er mit der Schachtel gespielt. Wenn es schiefgeht, zünde ich mir eine an, hatte er gedacht, immer wieder. Aber es war nicht schiefgegangen.

Er hatte bereits gestern alles auf ein Mißverständnis zwischen Joschi und Margit geschoben, die beide kein Wort Englisch sprachen und ihm also nicht in den Rücken fallen konnten. Und nach seiner Beteuerung, heute abend als Entschädigung mit einem wahren Festmahl aufzuwarten, hatte Rahul ihm noch mal verziehen.

»Viel Arbeit – gut essen, eh Fränck?« gab Rahul die Rudimente eines Kalenderspruchs zum besten, den er gestern auf dem Weg zum *Dorfkrug* vermutlich vom Bürgermeister aufgeschnappt hatte.

Franz lachte der Höflichkeit halber mit, zog sein Sakko aus und hängte es über den Sessel. Schon gestern war es ungewöhnlich warm gewesen, aber jetzt begann er regelrecht zu schwitzen – obwohl die Tür zum Tourismusbüro weit offen stand.

»Yes, yes«, bekräftigte er, »tonight gut essen in the *Dorfkrug*«, und legte auf, bevor Rahul wieder anfangen konnte zu lachen oder ihn Frank zu nennen.

Das hatte er gerade noch mal hingekriegt. Wenn ab jetzt alles so gut weiterlief, mußte er sich um die nächsten Tage keine Sorgen machen.

Seine Praktikanten brachten gerade die Limousinen zurück und versuchten das mit dem Schaden irgendwie zu regeln. Das Team und die Ausrüstung fänden auch in seinem alten Audi und dem Kastenwagen genug Platz, und von der Leihgebühr-Ersparnis für die nächsten Tage könnte er den Schaden vielleicht sogar bezahlen, ohne das Budget überzustrapazieren.

Franz betrachtete noch einmal die Fotos im Lokalteil, dann faltete er die Zeitung und legte sie zu den anderen in das Fach mit der Aufschrift *Dokumentation*.

Bis jetzt hatte er es noch nicht geschafft, Lutz für die positive Berichterstattung zu danken und sich für sein Verhalten gestern zu entschuldigen. Solche Sachen schob er gern vor sich her, aber er wußte, daß er in diesem Fall über seinen Schatten springen mußte. Es wird sich eine Gelegenheit finden, dachte Franz.

Er ging zur Tür, kontrollierte das Barometer und stellte sich nach draußen in die Sonne. Natürlich hatte er sich optimale Wetterbedingungen gewünscht. Doch allmählich machte er sich Sorgen. Er konnte sich nicht daran erinnern, wann es in den letzten Jahrzehnten um diese Zeit schon so warm gewesen war. Wenn das so weitergeht, dachte er, aber er hatte sich um Wichtigeres zu kümmern. Wie er es am geschicktesten anstellte, Rahuls Wunsch für den letzten Drehtag möglichst rasch im Dorf zu verbreiten, zum Beispiel.

Als erstes würde er die Frau des Bürgermeisters besuchen, die sich vom Kirchenchor bis hin zum Salzteig-Workshop in fast allen hier existenten Vereinen engagierte. Mit einer kleinen Telefonaktion konnte sie innerhalb kürzester Zeit sämtliche Personen im Dorf erreichen, die in Frage kamen: Die Aussicht, bunte Kleider schneidern, sich verrückt anmalen und dazu noch in einem Kinofilm mitwirken zu dürfen, würde sie bestimmt begeistern.

Franz stellte sich gerade Joschi in einer purpurnen Toga vor, als er zwei Männer bemerkte, die ihn direkt über den Marktplatz hinweg ansteuerten. Sie trugen schwarze Overalls, auf denen in goldener Schrift *V.I.P. CARS* stand. Einer von ihnen hielt ein Klemmbrett in der Hand.

»Kann ich helfen?«

Die Männer standen jetzt direkt vor ihm.

»Sind Sie Frank Luckhalter?« fragte der mit dem Klemmbrett.

»Franz.«

»Bitte?«

»Ich heiße Franz, nicht Frank.«

»Wie auch immer. Das Cabrio ist da.«

»Ach ja«, sagte Franz, weil er nicht wußte, was er sonst sagen sollte. Außerdem sah er es jetzt auch: Auf der anderen Seite des Marktplatzes parkte ein Transporter, und darauf stand ein rotes Cabrio. Es wirkte wie ein absoluter Fremdkörper im Dorf; er mußte sehr in Gedanken versunken gewesen sein, um es nicht zu bemerken.

»Ich habe kein Cabrio bestellt«, sagte Franz. »Das muß ein Irrtum sein.«

Der Mann ließ das Klemmbrett sinken und sah seinen Kollegen an: »Aber Sie sind der Herr – ähm – der Herr Luckhalter von der Firma Sillberg – äh – Träwwel, richtig?«

»Richtig.«

Die beiden nickten sich zu. »Dann quittieren Sie bitte hier den Erhalt des Wagens.«

Franz wollte gerade einen Satz formulieren, in dem die Begriffe »schlechter Scherz« und »verschwinden Sie von hier« vorkamen, als ihm schlagartig zwei Dinge bewußt wurden: Erstens spielten in jedem Bollywood-Film rote Cabrios eine wichtige Rolle, das hatte er im Internet gelesen – und zweitens hatte der Klemmbrett-Mann ihn *Frank* genannt.

Franz nahm den Stift, den der andere ihm hinhielt, und unterschrieb. Er fand es zwar mehr als unverschämt, daß Rahul über seinen Kopf hinweg ein rotes Cabrio bestellt hatte, noch dazu auf seinen Namen, aber das konnte er später klären.

»Wo wollen Sie es hinhaben?«

»Was?«

»Den Wagen.«

Franz überlegte. »Stellen Sie ihn bitte gleich da ab, wo Ihr LKW steht.«

Er schloß die Tür zum Tourismusbüro, folgte den Männern über den Marktplatz und sah zu, wie der Wagen mit einem Greifarm von der Rampe gehoben wurde und an schweren Stahlketten zu Boden schaukelte.

Weißes Leder. Der gesamte Innenraum war in weißes Leder gekleidet. Er hatte so etwas noch nie gesehen, und den paar Dorfbewohnern, die sich in nur wenigen Augenblicken um ihn versammelt hatten, schien es ähnlich zu gehen.

»Das ist eine 58er Corvette«, hörte er jemanden hinter sich, aber wie der Wagen hieß, war ihm herzlich egal. Wichtig war nur, daß dieses feuerrote Wunderding mächtig Eindruck zu machen schien.

Franz wartete, bis die Männer den Wagen geparkt und ihm die Schlüssel ausgehändigt hatten, dann spazierte er eine Runde um den Marktplatz; er ließ das Cabrio dabei nicht aus den Augen und beobachtete, wie die Leute darauf reagierten.

Manchmal ist die Welt wirklich einfach, dachte er. Im Moment erschien sie ihm sogar lächerlich einfach. Eigentlich hatte er zu der Frau des Bürgermeisters laufen wollen. Bei einem Gang an der frischen Luft, dachte er, kann ich mir noch mal genau überlegen, was ich sage. Doch wäre es ein weitaus angemessenerer Auftritt, mit diesem Cabrio bei der wichtigsten Frau des Dorfes vorzufahren. Ein Auftritt, der ihm gut zu Gesicht stünde. Ihm, dem Manager von *SillbergTravel*, der es geschafft hatte, die größte Filmindustrie der Welt hierher zu holen.

Franz ging noch mal ins Büro, holte seine Jacke und marschierte dann rüber zu seinem neuen Wagen. Es war ein erhebender Moment, den Schlüssel ins Schloß zu stecken. Das Geräusch zu hören, mit dem die Arretierung aufgehoben wurde und das die Tür zu einer Welt freigab, von der Franz schon als Kind und auch noch zu der Zeit geträumt hatte, als die Lieferung seines ersten Trabant Jahr für Jahr näher gerückt war. Franz hatte immer rausgewollt aus der Gleichheit, und jetzt würde er sein Dorf aus der Armut holen. Was wäre als Zeichen dafür besser geeignet als dieses Cabrio?

Er ließ sich in den Sitz fallen, atmete den Geruch von Leder und Holz. Berührte die Konsole, die Instrumente, fuhr mit zitternden Fingern über matt lackiertes

Wurzelholz, legte den Kopf zurück und schloß die Augen.

Zu lange Zeit durfte er sich nicht lassen: Er wurde beobachtet und wollte alles ganz selbstverständlich aussehen lassen, nicht so, als wäre er überrascht oder sogar überfordert von diesem Wagen. Er verstellte den Sitz auf seine Beinlänge und drehte den Zündschlüssel: ein kraftvolles Schleifen, gefolgt von sonorem Brummen. Franz atmete durch. Er hoffte, daß er es heil aus der Parklücke schaffen würde, drehte den Rückspiegel, bis der Ausschnitt stimmte, dann sah er in den Seitenspiegel.

Margit.

Sie kam direkt auf ihn zu. Franz drückte sich in den Sitz und sah geradeaus, die Zahnreihen aufeinander gepreßt. Er hatte keine Lust, sich blöde Fragen anzuhören. Und er konnte Glück haben: In so einem Auto würde sie ihn bestimmt nicht vermuten.

Sie bemerkte weder ihn noch das Auto, lief einfach vorbei, überquerte direkt vor ihm die Straße und steuerte auf den Gemüsestand zu. Sicher wollte sie die Zutaten für heute abend holen. Franz sah, wie sich die blonde, hochgewachsene Gestalt dem Stand näherte, betrachtete ihre schlanken Beine unter einem Kleid, das er noch nie an ihr gesehen hatte.

Überhaupt war es sonderbar, so unvermittelt auf seine Frau zu treffen, sie unbemerkt zu beobachten, wie sie ging, wie sie sich bewegte, wie sie außerhalb des gewohnten Umfelds *existierte*, ja: Die Tatsache, daß sie ein Leben jenseits seiner Anwesenheit führte, kam ihm auf einmal unglaublich vor. Er sah eine wunderschöne Frau, die er in diesem Moment, in dem sie an ihm vorbeigelaufen war, ohne ihn zu erkennen, jetzt, da sie bei einem anderen Mann stand, der sie anlächelte und sogar ein bißchen verlegen zu machen schien – sie rieb ihre Waden gegeneinander, wie immer, wenn ihr etwas unangenehm war –, stärker begehrte als jemals zuvor, und für die Dauer eines Wimpernschlags spürte er seine Liebe zu ihr wie ein schmerzhaftes Ziehen im Bauch.

Franz bekam einen trockenen Mund und widerstand nur knapp dem Impuls, auf die Hupe zu drücken wie die Jugendlichen, die mit ihren Mopeds rund um den Marktplatz knattern. Im nächsten Moment war er doppelt froh, es nicht getan zu haben. Nicht nur, weil es einfach nicht zu ihm gepaßt hätte, seine Frau aus einem roten Cabrio mit weißen Ledersitzen heraus anzuhupen, sondern weil er etwas sah, das ihm das Herz zusammenkrampfte: Margit umarmte diesen Vu; sie umarmte ihn schnell und glücklich wie ein verliebtes Mädchen, und dann drückte sie ihm einen Kuß auf die Wange. Der Gemüsehändler lächelte. Sie entfernte sich mit flatternden grünen Plastiktüten, und ihre Schritte waren so beschwingt, daß ihn jeder davon bis in sein Innerstes schmerzte.

Franz zögerte noch einen Moment. Dann legte er entschlossen den ersten Gang ein und nahm den Fuß von der Kupplung. Der Wagen schoß schneller auf die Straße, als er das Lenkrad rumreißen konnte.

21. McSillberg

Yash hatte lange überlegt, was anders gewesen war an ihr, anders als auf dem Foto, doch erst jetzt, als er zwischen Rahul und Namita im Halbschatten von Rahuls Schirm saß und Mittagspause machte, wurde ihm klar, was ihn so ergriffen hatte: Hinter der souveränen Fassade, hinter Charlies fast einschüchternder Art zu sprechen spürte er eine tiefe Traurigkeit. Er war nicht mal sicher, ob Charlie selbst davon wußte, aber gerade das reizte ihn an ihr. Hinter dieser sehr kontrollierten Art ahnte er das genaue Gegenteil, spürte er etwas Bodenloses: einen Abgrund, dem er sich gerade sehr bewußt näherte, der ihn an etwas in ihm erinnerte, das ebenso haltlos war.

Rahul biß in ein Brötchen mit kaltem Rührei und gebratenem Speck; er hatte sich morgens am Hotelbuffet eine »Notration« einpacken lassen, für den Fall, daß es im *Dorfkrug* ein ähnliches Desaster geben würde wie am Abend zuvor, doch selbst Rahul hatte mittlerweile eingesehen, daß er die Massen an Sillberg-Burgern, wie er sie lachend genannt hatte, nie und nimmer alleine würde bewältigen können und seine Hauptdarsteller und den Choreographen großmütig zum Picknick eingeladen, um die nächste Szene zu besprechen: Jede Geste, jede Bewegung mußte absolut präzise ausgeführt werden; jeder Augenaufschlag hatte eine eigene Bedeutung, und sobald Yash auch nur an der falschen Stelle *zwinkerte*, mußte die Szene wiederholt werden.

Yash nahm sich seinen zweiten Burger und biß hinein, während Namita nur das Salatblatt und die Tomatenscheiben aus ihrem fischte.

»SillyBurger«, lachte Rahul.

Namita bückte sich, um etwas vom Boden aufzuheben. »Oh«, sagte sie und sah Yash belustigt an. Da könne wohl jemand gar nicht genug vom Herrn Luckholder bekommen. Er hatte Glück gehabt, daß das Bild nicht mit der anderen Hälfte nach oben gefallen war: Yash hatte es so geknickt, daß Charlie von ihren Eltern getrennt wurde, und Rahuls zwar amüsiertem, aber nicht beunruhigtem Gesichtsausdruck nach zu urteilen ahnte er, daß das Foto gerade sozusagen auf die Butterseite gefallen war.

Yash steckte es schnell wieder ein und öffnete den Mund, um sich zu rechtfertigen, doch ihm fiel nur ein großes Stück Rührei in den Schnee.

22. Wie Eis in der Sonne

Die folgende Szene spielt sich im Eiscafé *Venezia* ab. Genauer: an dem kippligen Rundtisch draußen, direkt neben der Tür. Die Zeit: 14:07, kurz nach Schulschluß. Die handelnden Personen: meine Freundin Marlen, mein Freund John-Boy und ich. Später kommt noch Heiko Hagemeister hinzu, dessen genetisch eingeschriebene Aufgabe als Anführer der einzigen Mofagang im Ort darin besteht, zwei Drittel seiner Lebenszeit am Glücksspielautomaten oder auf seiner alten Schwalbe sitzend vor der Eisdiele am Marktplatz zu verbringen: kaugummikauend, rauchend, hupend und – vor allem – telefonierend. Ich nenne ihn Ha-Ha, weil er das Gegenteil von komisch ist.

Marlen, John-Boy und ich sitzen also draußen vorm *Venezia* und langweilen uns. Vor uns stehen drei mittelgroße Portionen Spaghettieis und langweilen sich auch. Um wenigstens ein bißchen was zu tun zu haben, fangen sie an zu schmelzen. Wie Eis in der Sonne, um einen Klassiker der Kinowerbung zu zitieren. John-Boy und ich machen das gerne: englisches Liedgut wörtlich übertragen.

Gerade läuft »Josephine« von Chris Rea, dem von uns meistgehaßten Achtzigerjahresänger. Neben Christopher Cross. »Joseffinäää, ich sende dir all meine Liebäää«, intoniert simultanübersetzend mein ebenfalls in der Sonne vor sich hinschmelzender bester Freund, und wie auf Kommando erscheinen die Reiter der Apokalypse auf ihren Mofas: Jörn Kugler und Steffen Kramczyk, Heiko Hagemeisters beste Freunde. Der Fürst der Finsternis kann also nicht weit sein.

Marlen: Ach du Scheiße.

John-Boy: Bitte nicht in unsere Nähe.

Dick und Doof setzen sich natürlich: an den Nachbartisch.

Dick: Na, Muschis?

John-Boy: Na, ihr Racker? Schon Feierabend? (Anmerkung der Redaktion: Kugler und Kramczyk sind beide arbeitslos.)

Doof: Willst aufs Maul oder was?

John-Boy: Langweilig. Du bist langweilig, Kugler.

Gott sei Dank kommt in diesem Moment, blockzückend, Annabel, die immer denselben Gesichtsausdruck hat, ob sie nun auf Pizza- oder Eisbestellungen wartet. Sie entspannt die Situation durch eine ebenso einfache wie entwaffnende Frage: Ja?

Dick: Bier.

Doof: Bier.

Annabel (notiert vermutlich *zwei Biere*): Okeh.

(Annabel ab.)

Das Grauen nähert sich knatternd und schließt seinen Schrotthaufen an einen Laternenpfahl.

Ha-Ha: Alles klar, Muschis?

The dick, the bad and the ugly klatschen sich nach Art schwarzafrikanischer Gangsta-Rapper kompliziert ab, was vermutlich supercool aussehen soll, in Wahrheit aber eine ermüdende Prozedur ist, der ein wenig dramaturgische Straffung guttäte. Dann klopfen sie noch aufeinander rum, nennen sich gegenseitig »Alter« und »Digger« und fragen sich, »was geht«; eine Frage, auf die sinnigerweise niemand antwortet.

John-Boy gähnt.

Ha-Ha: Ärger oder was?

John-Boy: Hatten wir schon. Langweilig. Du bist langweilig, Hagemeister.

Doof: Laß doch die Schwulis.

John-Boy singt eine unvergessene Pop-Perle von Chris de Burgh mit, die gerade via Außenlautsprecher auf den Vorplatz der Eisdiele übertragen wird: *Zahl nicht den Fährenmann! Ver!-handle nicht den Preis...*

Doof: Schnulli.

John-Boy: Eben war's noch Schwuli.

Doof: Is' doch egal.

John-Boy: Eben nicht. Ist eben nicht egal, Kramczyk. Darum geht's doch überhaupt. Ihr Typen müßt euch mal entscheiden, was ihr eigentlich ausdrücken wollt, bevor ihr was sagt.

Ha-Ha: Ich glaub, Muschi will Ärger.

Wie auf ein Stichwort hin mischt sich in diesem Moment Ha-Has Handy in die Unterredung, statt eines Klingeltons sagt es: »Ja, Dirk, gib's mir.«

Ich frage: »Wer ist Dirk?«

Hagemeister sagt zu mir: »Halt's Maul, Torte« und ins Telefon: »Was geht, Pussy?«, und ich frage mich, ob ihm auch Substantive bekannt sind, die nicht synonym für das weibliche Geschlecht stehen.

Weil Kramczyk und Kugler ohne Heiko Hagemeister vollkommen gefechtsunfähig sind, warten wir alle in andächtigem Schweigen auf das Ende des Telefonats, und als das erreicht ist, können wir natürlich nicht nahtlos da weitermachen, wo wir aufgehört haben. Es wäre vollkommen absurd, nach vierminütiger Unterbrechung »Sag das noch mal und es geht dir schlecht«

oder so zu brüllen, weil irgendwie alle den Faden verloren haben.

Außerdem hat Annabel mitgedacht und auch Heiko Hagemeister schon mal ein Bier gebracht, sie sagt: »Hallo Heiko, war doch richtig, oder?«, und das ist der mit Abstand längste zusammenhängende Satz, den ich je aus ihrem Munde gehört habe.

So ein sedierendes Bier unter Freunden zieht natürlich immer, und zumindest für den Moment kollektiven Zugeprostes geraten wir erst mal in Vergessenheit. Das nächste, was in mein Bewußtsein dringt, ist eine spontane Gefühlsäußerung der Gäste am Nachbartisch. Sie lautet erneut »Alter!« und kommt von The incredible Heiko Hagemeister himself.

Zu vernehmen ist ein sonores Knattern, durchsetzt von den flankierenden Ausrufen »Sahne« und »Fett«, ebenfalls von nebenan.

Der Grund für diese subgruppenspezifisch vorgetragene Äußerungen von Bewunderung ist ein rotes Cabriolet, das in diesem Moment mit deutlich überhöhter Geschwindigkeit an uns vorbeifährt.

Am Steuer sitzt: mein Vater.

»Das war dein Alter«, bestätigt John-Boy dankenswerterweise die Funktionstüchtigkeit meiner Augen.

»In einem roten Cabrio«, fügt Marlen hinzu.

»Laß uns zahlen«, sage ich, weil mir nichts anderes einfällt, also stehen wir auf und zahlen. Daß Marlen Heiko Hagemeister hinter meinem Rücken allerdings noch fragt, ob er nicht Lust hätte, sich als Inder zu verkleiden und in der Tanzgruppe ihrer Mutter mitzuproben, muß ich mir einbilden. Ich fange an, Dinge zu hören und zu sehen, die es nicht gibt. Väter in Cabrios. Beste Freundinnen, die ihre Menschenwürde verlieren. Wenn das so weitergeht, muß ich fürchten, daß man kommt, um mich zu holen. Ich bin da sehr gefährdet, sehr.

23. Marionetten

Lutz spannte einen Film in die neue Kamera. Er kam kaum mit, alles ging so schnell, und er hatte Angst, den entscheidenden Moment zu verpassen.

Franz Luckhalter stieg jetzt aus, er stützte seinen Ellenbogen auf die Fahrertür und streichelte mit der Hand den Lack; er mußte etwas in die Knie gehen, und Lutz wußte genau, was für ein Foto Franz von sich im Kopf hatte, aber er würde den Ausschnitt so wählen, daß die eingeknickten Beine mit drauf kämen. Wie eine Puppe, deren Fäden man noch nicht ganz aufgenommen hat, dachte Lutz und fragte sich, wann er zum ersten Mal geahnt hatte, daß Franz Luckhalter durchdrehen könnte.

Im nachhinein war man natürlich immer versucht, alles als Zeichen zu werten. Kleinste Auffälligkeiten als Teil einer Entwicklung zu sehen, die zu gar keinem anderen Ergebnis hätte führen können. Doch in Wahrheit war jede dieser winzigen Anomalien, die in der Rückschau wie Vorboten der Katastrophe wirken – ein flackernder Blick, eine leicht übertriebene Geste, kurze Ausreißer aus der normalen Stimmlage –, nichts als eine gewöhnliche Abweichung, die im Grunde die Normalität erst bestätigte; sie konnte alles bedeuten und gar nichts.

Lutz schloß das Gehäuse, löste dreimal aus und wechselte das Objektiv. Er war froh, daß die Digitalkamera repariert werden mußte, daß ihm der Fotochef dafür heute eine richtige gegeben hatte, mit Motor und schwerem Objektiv; ein kleines Maschinengewehr, wie er es am liebsten hatte.

Aus den Augenwinkeln sah er, daß Rahul aus seinem Regiestuhl mit einer für ihn typischen wilden Armbewegung eine Szene für beendet erklärte. Sofort zerstob die Crew, drifteten Schauspieler, Kameramann und Techniker auseinander; Yash und seine Partnerin, die heute aussahen, als hätte man sie aus dem alten Rom hierher versetzt, verschwanden in ihren Zelten.

»Verdammt, Lutz, ich schlag hier gleich Wurzeln!«

Natürlich war ihm aufgefallen, daß Franz sich verändert hatte. Jeder Mensch veränderte sich unter Zeit- und Erfolgsdruck, aber mit diesem Wagen war Franz Luckhalter plötzlich wie ausgetauscht.

Lutz stützte die 300er Optik mit der linken Hand und legte an.

Franz trug jetzt eine Sonnenbrille, die der von Rahul in nichts nachstand; er löste den obersten Knopf seines Hemdes und lehnte sich gegen die Fahrertür wie der König von Beverly Hills. Lutz stachelte ihn an, sich noch ein bißchen lockerer zu geben, die Brille ins Haar zu schieben, das Hemd weiter aufzuknöpfen, und als hätte Rahul Lutz' Gedanken gelesen, stellte er sich neben Franz, drückte ihm eine Zigarre in die Hand und klopfte ihm auf die Schulter: »Here you are, my friend – Boss Bollywood, eh?« Dazu ließ er sein schallendes Lachen vernehmen, das durch den ganzen Körper bis in die entlegendsten Kapillaren rollte.

Luckhalter schob die Zigarre zwischen seine Zähne und grinste in die Kamera, als plötzlich Marlen mit Charlotte auftauchte. Franz warf schnell die unangezündete Zigarre auf den Fahrersitz und baute sich vor seiner Tochter auf. »Was hast du hier zu suchen?« Er packte sie an Arm. »Hab ich dir nicht verboten, noch mal hier aufzukreuzen?«

Charlotte riß sich los und zischte ihrem Vater etwas ins Ohr, das Lutz nicht verstand, aber Wirkung zeigte: Franz unternahm keinen weiteren Versuch, sie zurückzuhalten und wandte sich statt dessen an Marlen. Der Boden sei bereitet, sagte er; sobald es gehe, solle sie mit den Vorbereitungen beginnen.

Lutz freute sich, Marlen zu sehen. Natürlich wußte er, worum es ihr eigentlich ging und daß sich ihr Engagement, die Verwandlung der Dorfbevölkerung in eine indische Hochzeitsgesellschaft betreffend, vermutlich in engen Grenzen halten würde, aber ihre Art, die Dinge zu regeln, gefiel ihm.

»Lutz!« Sie gab ihm einen Kuß auf die Wange, und

obwohl er ahnte, daß ihre plötzliche Herzlichkeit nichts mit ihm zu tun hatte, genoß er ihre Lippen auf seiner Haut.

»Schön, dich zu sehen.« Er lächelte Charlotte nur kurz über Marlens Schulter hinweg an. »Was macht deine kleine Sonderaufgabe?«

»Naja«, ihr Blick flackerte zwischen den Leuten hin und her; es kränkte ihn mehr, als er es zulassen wollte, daß sie nach Yash Ausschau hielt, während er mit ihr sprach, »werd sehen, was sich machen läßt.«

Lutz nickte. »Spätestens, wenn du die Frau des Bürgermeisters zurechtmachst, sagst du Bescheid, ja?« Er nahm die Kamera am Objektiv hoch und wog sie in seiner Hand. »Kann mir das alles schließlich nicht entgehen lassen.« Er beugte sich näher zu ihr und raunte verschwörerisch: »Das mit dem Interview klappt übrigens. Aber erst morgen nachmittag... das heißt, wenn du da überhaupt Zeit hast...«

Ein anbetungswürdiges Lächeln huschte über ihr Gesicht, und Lutz konnte es kaum erwidern, bevor sie sich abwandte und zu ihrer Freundin lief, die hinter den Scheinwerfern auf sie wartete.

»Was ist los, Lutz!« Franz war schon wieder in Position gegangen und klemmte die Zigarre wieder zurück zwischen die Zähne, »bringen wir's hinter uns.«

Lutz nahm die Kamera hoch und sah durch den Sucher. Vielleicht würde er die Geschichte den großen Wochenmagazinen anbieten, wenn alles vorbei war. Die *wahre* Geschichte. Es könnte ein Text über Eitelkeit, Bigotterie und Verlogenheit werden: Sillberg als Mikrokosmos, der den Makrokosmos spiegelte. Die politische und gesellschaftliche Führungsebene als Handpuppen von Gier und Macht, als gesichtslose Figuren im Kasperletheater auf dem Jahrmarkt der Eitelkeiten.

Handpuppen im Kasperletheater, dachte Lutz. Das mußte er gleich aufschreiben. Nein, besser: Marionetten. Marionetten im Kasperletheater.

»Gibt es Marionetten im Kasperletheater?« fragte er, wohl etwas zu laut, denn Franz sah ihn plötzlich sonderbar an. Er schob sich die Sonnenbrille ins Haar, wühlte in seiner Tasche nach irgendwas und zündete die Zigarre in seinem Mund an.

Franz paffte drei kleine Wolken in die Luft, und Lutz sah dem Qualm nach, der langsam den Berg hochstieg.

Der Schnee hört nicht auf zu schmelzen, dachte Lutz. Eine Wahrnehmung, die weder zur Situation noch zu seinen Gefühlen paßte. Aber die Sonne hatte bereits unübersehbare Löcher in die Schneedecke gebrannt: Hellgrünes Gras reckte sich Richtung Himmel, und auch auf dem ehemals blütenweißen Gipfel zeigten sich mittlerweile kariöse Stellen.

Lutz interessierte sich sonst nicht so sehr für die Natur und ihre Phänomene. Doch er wußte zufällig, daß Franz Luckhalter dem Produzenten die Schneedecke zu dieser Jahreszeit als absolut witterungsunabhängig verkauft hatte, um den Deal mit Bollywood endgültig perfekt zu machen. Er wußte, daß dieser scheinbar unerhebliche Punkt fester Bestandteil des Vertrags war. Und daß es nicht mehr lange dauern konnte, bis der Schwindel aufflog.

24. Vus Welt

Sollte sie die Geschichte glauben? Elfi Korell war jetzt schon die zweite, die behauptete, ihren Mann in einem roten Cabrio gesehen zu haben, vollkommen enthemmt durchs Dorf rasend, begleitet von ohrenbetäubender Musik.

Die Frau des Bürgermeisters hatte ihr sogar erzählt, daß Franz sie um ein Haar überfahren habe, als sie mit ihrem Pudel die Straße überqueren wollte, nur eine knappe Stunde, nachdem er bei ihr gewesen sei und erzählt habe, er könne sie ganz groß rausbringen; er werde sie und all ihre Freundinnen zu Filmstars machen, sie müßten sich nur in drei Tagen komplett als Inder verkleidet auf der Lichtung am Hang einfinden, kurz vor Sonnenaufgang. Marlen würde sich bei ihnen melden und sich um alles kümmern. Franz habe so eine komische Sonnenbrille aufgehabt, die ganze Zeit mit seinen Autoschlüsseln rumgespielt und überhaupt einen etwas ... sonderbaren Eindruck gemacht.

Margit versuchte, sich ihren Mann in einem roten Sportwagen vorzustellen, aber das Bild wollte keine Gestalt annehmen. Natürlich machte er manchmal komische Sachen. Aber das Verrückteste, das er wahrscheinlich je getan hatte, war das Zusammenleimen eines Flugzeugmodells im Hobbykeller gewesen.

Um kurz vor vier erreichte sie den *Dorfkrug*. Joschi hatte ihr erlaubt, die Küche erst heute sauberzumachen; am Abend zuvor waren alle zu erschöpft gewesen.

Vielleicht forderte ihn diese Filmsache mehr, als er zugeben wollte. Was wußte sie denn davon, was hungrigen Bollywood-Regisseuren alles einfiel, um ihre Betreuer zu tyrannisieren? Vielleicht hatte Rahul absurde Extrawünsche geäußert, und Franz war in die Rolle des souveränen Machers geschlüpft, weil er sich keine Blöße geben wollte? So etwas konnte sie sich vorstellen. Aber nicht, daß ihr Mann, nur weil das Wetter so schön war, in das nächstbeste Cabrio sprang, Dorfbewohner jagte und ihnen dazu sonderbare Geschichten erzählte.

Margit zog ihre Strickjacke aus, hängte die Tüten von Vu an einen Stuhl und blickte sich um. Die Tische waren noch eingedeckt wie am Abend zuvor; frische Kerzen steckten in den Haltern, aber Joschi war nirgends zu sehen.

Aus der Küche kamen Geräusche. Sie nahm die Tüten und folgte dem Klappern. Joschi stand vor der aufgerissenen Spülmaschine und beförderte ein paar Teller hinein. Der Boden war noch nicht gewischt, aber die Fleisch-, Kartoffel- und Gemüsestücke hatte ihr Chef bereits aufgesammelt.

»Bin ich zu spät?«

Joschi drehte sich um. »Nein«, sagte er. »Hab nur schon mal angefangen.« Er balancierte einen Pfannenschieber in der Hand. »Hast du alles?«

Margit hob die Tüten hoch und legte sie auf die Arbeitsplatte neben den Herd. »Vu ist ein Schatz«, sagte sie. »Hat sich richtig Mühe gegeben für uns.«

Joschi zwinkerte ihr zu. »Für *dich.*«

Margit spürte, daß sie rot wurde, und schnappte sich einen Lappen. »Sag mal – hast du Franz schon gesehen? Oder was von ihm gehört?«

»Ist irgendwas?«

»Nein.« Margit versetzte den Lappen mit einem Spritzer Scheuermittel und widmete sich einem besonders hartnäckigen Fettfleck. »Ich frag nur.«

Der Fleck war eingetrocknet. Sie schrubbte, bis der Herd wackelte. Joschi schloß die Spülmaschine, betrachtete Margit einen Moment lang und wischte sich mit der Hand über die Stirn. »Ihr beide braucht einfach mal wieder 'n bißchen Zeit für euch.«

Die Spülmaschine startete mit einem tiefen, vibrierenden Surren, und Margit packte die Tüten aus. Sie legte Gewürze und Kräuter, das Gemüse und zwei Dosen auf die Arbeitsplatte, nahm vorsichtig einen Bund Koriander heraus, berührte ihn sanft mit den Fingerspitzen und hielt sich die Blätter unter die Nase.

Vus Welt, dachte sie. Alles aus diesen Tüten roch irgendwie nach Vus kleinem Gemüsestand.

25. Die Dunkelheit vor der Aufführung

Yash nahm noch mehr Pomade, beugte sich näher zum Badezimmerspiegel und modellierte seine Haare noch einmal komplett anders. Zum ersten Mal ärgerte er sich, daß er keine Bediensteten auf dem Zimmer hatte, einen Haufen Stylisten und Visagisten, die ihn in Windeseile mit ein paar geübten Handgriffen in einen Herzensbrecher verwandeln konnten.

In Indien, dachte er, treffen sich Liebespaare im Kino, um sich näher zu kommen. Weil sie sonst keinen Ort haben: die Oberschicht auf den Balkonen, die Mittelschicht in den Sperrsitzen. Der Film versetzte sie in eine Welt, die in völligem Gegensatz zu der stand, die draußen auf sie wartete. Mit der Eintrittskarte wurde auch der Traum von einem Leben gekauft, aus dem die schlechten Momente herausgeschnitten waren, und Yash tat sein Bestes, seinen Beitrag dazu zu leisten. Doch seitdem er hier angekommen war, kam es ihm vor, als überholte er die Figuren seiner Filme locker auf der linken Spur.

Er trat auf seinen Balkon. Die Lichter des Dorfes, der Schnee auf dem Berg, die Sterne, der Mond und die Tannen vor dem Hotel, das alles kam ihm großartiger vor als in jedem Film, in dem er bisher gespielt hatte, er *fühlte* plötzlich, was er sonst nur verkörpern mußte, und das ließ ihn über sich hinauswachsen, gab ihm eine Ahnung von dem, wozu er noch in der Lage wäre.

Aus dem Nebenzimmer hörte er die gedämpften Stimmen seiner Bodyguards, die mehr und mehr dazu übergingen, sämtliche Alkoholvorräte in der Minibar zu beschützen, seitdem sie begriffen hatten, daß ihre Anwesenheit hier eher einem Betriebsausflug glich. Zur Sicherheit aber schloß er geräuschvoll die Tür zu seinem Zimmer ab, betätigte die Toilettenspülung und zog kräftig die Vorhänge zu. Dann ging er leise wieder auf den Balkon und versuchte die Entfernung zu den Tannenzweigen einzuschätzen, die sich verheißungsvoll im Wind bewegten wie der Vorhang im Kino, bevor das Licht ausgeht.

26. Die Liebe des Mondes

Ich hasse es, zu spät zu kommen – auch wenn das taktisch unklug ist: Frauen müssen immer eine Viertelstunde zu spät kommen, aber mir geht es einfach schlecht mit Verspätung, wenn das jemand versteht.

Ich stehe also drei Minuten vor Mitternacht beim *Bergblick* und mache mir Sorgen um meinen Vater. Seit heute mittag umgibt er sich mit sonderbaren Accessoires, und obwohl meine Mutter zum Abendessen ein so vorzügliches Chicken Tandoori gezaubert hat, daß Rahul dreimal, Yash zweimal und der Bürgermeister viermal nachgenommen haben, ist er nicht mal zu ihr gekommen, um sich zu bedanken. Im Gegenteil: Er hat Joschi und sie wegen jeder falsch gefalteten Serviette angepöbelt, und hätte Yash nicht einen heimlichen Moment genutzt, um sich mit mir zu verabreden, wäre ich meinem Vater vermutlich ins Gesicht gesprungen.

Plötzlich höre ich ein Rauschen in den Tannen. Das ist der Wind, denke ich, aber Wind ist grad nicht, und da sehe ich auch schon eine leicht gedrungene Gestalt, die sich an den Wipfel einer mächtigen Blautanne klammert und diese damit gehörig in Wallung versetzt. Die mächtige Blautanne wallt etwa vom zweiten in den ersten Stock und wieder zurück.

Ich tue, was alle Mädchen in dieser Situation täten: Ich kichere.

Der Gestalt, die sich als Schattenriß gegen den blauschwarzen Nachthimmel abzeichnet, scheint ihre Lage bewußt zu werden; reichlich unelegant rutscht sie die kräftigen (und vermutlich auch kräftig piksigen) Äste des edlen Nadelgehölzes herab: Die Ankunft des Herrn, denke ich, umständehalber. Schließlich ist bald Ostern.

Yash fällt mir vor die Füße, wie ein Seesack, der von einer enttäuschten Geliebten aus dem Fenster geworfen wurde. »Scheiße.« Er reibt sich seine geschundenen Knochen.

»Nette Begrüßung«, sage ich, und da muß er doch grinsen: »Das meinte ich nicht.«

»Ich auch nicht«, erwidere ich und grinse ebenfalls. »Kannst du was empfehlen?«

Klar kann er. Zunächst empfiehlt sich ein Spaziergang aus dem Dorf hinaus und damit jenseits der Reichweite sämtlicher Aufpasser.

Als wir den Fuß des Berges erreicht haben, nimmt Yash meine Hand. Eine rein freundschaftliche Geste, denke ich. Kann niemand was gegen sagen. Keine Grenze ist überschritten worden; es gibt keinen Grund, ihn zurechtzuweisen, vielleicht gehört es ja sogar zur indischen Lebensart. Außerdem fühlt es sich ziemlich gut an.

»Wußtest du, daß das bei uns verboten ist?« sagt er, als wir ein Stück den Hang hinaufgegangen sind.

»Was?« frage ich und bemerke entsetzt, daß wir direkt auf John-Boys und meinen Treffpunkt zusteuern.

»Hände anhalten.«

Ich lache jetzt nicht. Ich überlege ganz rational, ob er *um jemandes Hand anhalten* oder *Händchen halten* meint.

»Echt? Wieso denn?«

»Es wird einfach nicht gern gesehen«, sagt er. »Auch Küsse in der Öffentlichkeit. Du bist nirgendwo sicher vor deiner Familie, vor Freunden, Nachbarn. Trotzdem ist Liebe in Indien das höchste Fest. Die Liebe im Film. Du kannst dir das nicht vorstellen: Die ganze Familie geht ins Kino, wie ihr auf Feiern. Sie essen, trinken, lachen und weinen. Es ist sehr laut, sie singen die Lieder mit, manche tanzen. Es ist ein großes Fest der Gefühle:

Liebe vor Landschaften, die wie ein Traum sind, nicht wirklich.«

»Doch«, sage ich, »sieh dich um«, und dann erzählt er eine Geschichte, mit der mir mein Vater schon zu erklären versucht hat, warum so viele Bollywood-Liebesszenen in den Bergen stattfinden. Es ist die legendäre Liebesgeschichte zwischen dem blauhäutigen Gott Krishna und Radha, einem bezaubernden Milchmädchen: Krishna beobachtet Radha von einem Baum aus beim Baden, stiehlt ihren Sari und stellt sie damit vor die Wahl zwischen Sittsamkeit und der Liebe zu einem Gott. Natürlich entscheidet sich Radha für die Liebe, und fortan vergnügen sich die beiden vor ähnlich paradiesischen Landschaften wie Yash und seine Angebetete das in Marlens Film getan haben.

Im Film wäre das jetzt allerdings der richtige Zeitpunkt, mich zu küssen, aber Yash weiß vielleicht nicht, ob Händchenhalten bei uns wie Kaugummikauen ist, also wechselt er sicherheitshalber erst mal die Gottheit und erzählt von Chandra, dem Mondgott, der die bezaubernde Tochter eines Brahmanen beim nächtlichen Baden im Dorfteich beobachtet und in Gestalt eines Prinzen zur Erde herabsteigt, um sie zu verführen. Glücklich und erschöpft, vom Mondgott geliebt worden zu sein, schläft Hemavati später in den Armen des Prinzen ein – bis dieser in der Morgendämmerung widerwillig seinen Platz an ihrer Seite räumen und den am Firmament wieder einnehmen muß.

An dieser Stelle der Erzählung bemerke ich, daß nicht nur das Sternenzelt, sondern auch der Mond über uns leuchtet: Das ist die Nagelprobe, denke ich und ziehe Yash neben mich – auf John-Boys und meinen Baumstumpf. Yash sieht mich an, mit seinen dunkel schimmernden Augen, er streichelt meine Hand und erzählt weiter von der Liebe zwischen Göttern und Sterblichen, von Vishnu in all seinen Erscheinungsformen, aber es nützt nichts: Ich vermisse John-Boy, hier, an unserem Platz, der schon uns gehört, seitdem wir uns das erste Mal getroffen haben. Es fühlt sich irgendwie falsch an, ihn mit jemand anderem zu teilen, ich komme mir wie eine Verräterin vor, und in dem Moment wird mir klar, daß ich diese Situation vielleicht unbewußt herbeigeführt habe, weil es alles einfacher macht.

Wenn ich mich nicht in Yash verliebe, denke ich, bleibt alles in Ordnung. Mit Marlen, mit John-Boy, mit meinen Eltern. Außerdem hätten wir sowieso keine Chance: das Dorfmädchen und der Bollywood-Star. Lächerlich. Fast so lächerlich wie die Liebe eines blauhäutigen Gottes zu einem Milchmädchen.

Ich bin also erleichtert. Ja, alles ist gut, denke ich, alles ist wieder einfach.

Nein, denke ich und kicke einen Stein ins Tal: Ich bin bloß feige. Ich wehre mich dagegen, mich zu verlieben, weil ich die Ordnung nicht gefährden will.

Welche Ordnung eigentlich?

Ich höre dem Stein zu, der auf seinem Weg nach unten zweimal gegen Bäume prallt; ich lausche Yashs Stimme und sehe in seine Augen, in denen sich das Sternenlicht sammelt, dann nähern sich meine Lippen seinem Mund.

27. Tauwetter

»Frank...« Rahul saß in seinem Regiestuhl und winkte ihn neben sich: »We have to talk.«

Franz folgte seinem Blick. Und begriff sofort.

Nein, dachte er. Nicht jetzt. Ausgerechnet jetzt, wo er alles wieder unter Kontrolle gebracht hatte, wo die Dorfglocken den neuen Tag besonders ungestüm begrüßt hatten, durfte ihm die Natur doch keinen Strich durch die Rechnung machen. Der einzige Faktor, den er nicht beeinflussen konnte.

Ich brauche eine Lösung, dachte Franz. Und ich brauche sie verdammt nochmal jetzt.

»You lie to us, Frank.« Rahul konnte sich kaum beherrschen. »You're a liar!« Er deutete auf die Kuppe des Berges, die nur noch an sehr wenigen Stellen mit Schnee bedeckt war. »Tomorrow we will go to Switzerland. And you will bring us there.« Seine Stimme nahm jetzt einen bedrohlichen Ton an. »You will pay for it! We have a contract!«

Franz begann zu schwitzen und plötzlich hatte er die Lösung. Natürlich: Sie mußte noch da sein. Die alte Schneekanone, die das Dorf damals, als die Sprungschanze noch in Betrieb gewesen war, unabhängig gehalten hatte von allen klimatischen Bedingungen.

Zwar wußte er nicht, ob sie noch funktionierte und

was alles nötig sein würde, um sie wieder in Gang zu setzen. Aber er wußte, daß es eine Chance war. Die einzige Chance. Und daß er nicht Franz Luckhalter hieße, wenn er nicht versuchen würde, sie zu nutzen. Franz überlegte noch einen Moment lang, dann schob er sich entschlossen die Sonnenbrille vor die Augen. »No problem, my friend.« Er schlug Rahul auf die Schulter. »Tomorrow it will be like christmas.« Franz breitete die Arme aus. »Winter wonderland, understand?«

Rahul sah ihn an und schüttelte langsam den Kopf. »You are no god, Frank«, sagte er und gab ihm Feuer. »You are Frank Luckholder, no bloody rainmaker. You cannot change the weather, man.«

Der Oberinder hat gesprochen, dachte Franz. »Okay, my friend.« Er hob eine Hand wie zum Schwur und legte die andere aufs Herz. »Tomorrow, I will drive you to Switzerland – if the mountain is still like this. Großes Indianerehrenwort.«

Rahul starrte ihn nur an und kratzte sich am Bauch.

Franz sah auf die Uhr. Es war kurz vor drei. Bis zum Abendessen blieben ihm noch fast vier Stunden, in denen er alle Vorbereitungen getroffen haben mußte. Das war knapp, aber es war zu schaffen. Nur brauchte er dringend Helfer. Verbündete. Franz wandte sich um und schwang sich hinter das Steuer der im Sonnenlicht glänzenden Corvette. Er grüßte knapp in Richtung der Crew, krümmte Daumen und Zeigefinger zum Okay-Zeichen und startete den Motor.

»Hey, Frank!« Rahul winkte aufgeregt. »We need the car!«

Franz drückte dreimal kurz aufs Gaspedal, ließ sich vom Schnurren des Motors einhüllen.

Rahul verlor die Beherrschung und sprang mit fuchtelnden Armen von seinem Stuhl auf: »We need the car! We need it *now*!!!«

Franz schenkte der jubelnden, kreischenden Menge noch einen herrschaftlichen Gruß, dann brauste er davon, den Hang hinunter ins Dorf.

28. Dark Side of the Moon

Er hatte ihr ein besonders schönes Stück Rinderbraten mitgegeben. Joschi war wirklich ein Schatz. Kurz vor Mittag hatte er ihr gesagt, daß sie heute abend frei haben könne, daß sie sich mit Franz einen schönen Abend machen solle, ein romantisches Essen zu zweit; dabei werde sicher wieder alles ins Lot kommen.

Margit hatte das Chicken Tikka für den Abend schon vorbereitet. Sobald Franz mit den Indern in den *Dorfkrug* käme, mußte Charlotte nur noch den Herd anstellen, während Joschi Franz unter einem dringenden Vorwand nach Hause schicken würde. Und da wartete dann bereits ein Candlelight-Dinner, wie sie es erst einmal für ihn bereitet hatte, damals, als sie sich gerade kennengelernt hatten. Franz war sehr schüchtern gewesen. Sie sah ihn noch immer vor sich, mit einer einzelnen Blume in der Hand vor ihrer Haustür, zurechtgemacht wie ein Konfirmand, den Blick auf die Schuhspitzen geheftet.

Margit war gerührt gewesen von seiner Nervosität, der Treffsicherheit, mit der er fast alles falsch gemacht hatte, was man an so einem Abend falsch machen konnte. Er mußte das Treffen als Desaster empfunden haben, aber sie hatte sich mit jedem unpassenden Satz, mit jeder ungeschickten Geste nur weiter in ihn verliebt.

Margit hatte immer geglaubt, daß sie anders war als die Mädchen aus dem Dorf, die sich sofort hergaben, nur weil sie getrunken hatten oder weil ein Junge ihnen Komplimente machte. Sie wollte sichergehen, bevor sie sich mit jemandem einließ.

Alles war so hergerichtet wie damals. Sogar denselben Wein hatte sie besorgt, und auf dem Plattenteller lag wieder »Dark Side Of The Moon« von Pink Floyd. Eine Platte, die sie damals beide gemocht, seitdem aber nie wieder gehört hatten. Überhaupt hatten sie sich das Musikhören abgewöhnt im Lauf der Jahre. Mit der Geburt von Charlotte war alles anders geworden. Alles hatte sich nur noch um sie gedreht, und als sie alt genug geworden war, sich um sich selbst zu drehen, hatten Margit und Franz verlernt, ein Paar zu sein.

Natürlich liebte sie ihren Mann. Aber sie spürte es nur noch, wenn sie an damals dachte. Obwohl er sich im Grunde nicht verändert hatte: Bis vor wenigen Tagen war er immer noch der Mann gewesen, in den sie sich verliebt hatte. Nur ihr Blick war ein anderer geworden.

Ich muß bloß versuchen, die Pole zu vertauschen, dachte sie manchmal. Meine Einstellung zu ihm zu ändern.

Margit nahm den Braten aus der Tüte und hielt ihn unter fließendes Wasser. Sie schälte Kartoffeln, wusch das Gemüse und öffnete die erste Flasche Barolo. Behutsam füllte sie den Wein in den Dekanter. Der leicht betäubende Geruch des Alkohols stieg ihr bis hinter die Stirn; sie mußte für einen Moment die Augen schließen, weil ihr schwindelig wurde, dann ging sie zum Plattenspieler. Sie setzte die Nadel an den Rand des Vinyls. Der Saphir rutschte in die Rille, ein leiser Knall aus den Boxen, dann ein schleifendes, knisterndes Geräusch, als der Edelsteinsplitter über zwanzig Jahre alten Staub glitt.

29. Eistee

Natürlich gab es mehrere Möglichkeiten herauszufinden, was da zwischen Charlie und Yash lief. Aber die nächstliegende war nicht immer die beste. Charlie direkt darauf anzusprechen, war in jeder Hinsicht unklug:

Wenn da nichts war, wäre Charlie beleidigt, daß sie ihr so was zutraute. Und wenn wirklich was lief, würde ihre Freundin den Teufel tun, das zuzugeben.

Ein kleiner Umweg schien ihr im Moment unvermeidlich. Wie sagte doch ein altes Sprichwort, das Marlen gerade leicht abgewandelt hatte: Der Weg zum Herzen der besten Freundin führt über die Gefühle des besten Freundes. Sie mußte zu Johannes Kriegler. Dann würde sie Klarheit haben.

Marlen zitierte Lutz heran, der gerade damit beschäftigt war, ein halbes Dutzend Kabel zu entwirren (wohl um seine permanente Anwesenheit am Set dadurch zu rechtfertigen, daß er sich wenigstens manchmal nützlich machte), und bat ihn, mit ihr ins Dorf zu fahren. Sie mußte sowieso immer wieder los, um Stoffe zu besorgen, Schmuck, Accessoires, Make-up. Zwar hatten sich die meisten Frauen bereit erklärt, ihre Saris selbst zu schneidern, aber insgesamt machte der Job doch mehr Arbeit, als sie gedacht hatte.

Natürlich hatte Lutz auch ein berufliches Interesse daran, sie ständig herumzukutschieren, weil er dann mit ihr in die Haushalte gehen und die Leute nach ihrer Meinung fragen konnte. Aber trotzdem glaubte sie zu spüren, daß er sie wirklich mochte, auf eine andere Art als die anderen.

Der Vater von Johannes Kriegler war im Garten beschäftigt, das sah Marlen bereits, als Lutz einparkte. Sie bat ihn, ausnahmsweise im Wagen auf sie zu warten, stieg aus und klingelte an der Tür.

Johannes öffnete.
»Hey.«
»Hey.«
»Ist deine Mutter da?«
»Nein.«
Perfekt.
»Schade. Ich wollte sie eigentlich fragen, ob sie Lust hat, bei der großen Hochzeitsszene übermorgen mitzuspielen.«
»Willst du reinkommen?«
»Danke, ich hab nicht viel Zeit, aber ...«
»Eistee?«
»Hör zu, weißt du zufällig, wo Charlie ist?«
Kriegler wandte sich ab und ging in die Küche. »Das fragst du *mich*?«
Sie schloß die Haustür, folgte ihm und setzte sich an den Küchentisch. Draußen wickelte Krieglers Vater gerade einen nicht enden wollenden Gartenschlauch ab.
»Naja, du bist schließlich ihr Freund, oder?«
Johannes öffnete den Kühlschrank und holte ein kupferfarbenes Tetra-Pack heraus. »Naja, du bist schließlich ihre Freundin, oder?« äffte er sie nach, schenkte ein Glas voll und setzte sich ihr gegenüber. »Worauf willst du hinaus, Marlen?«
»Naja, ich hab doch gesagt ...«
»Spar dir die Sprüche.« Er nahm einen Schluck direkt aus der Packung, und Marlen sah schnell auf die Tischplatte. »Wir wissen beide, daß du nicht einfach so hier aufkreuzt. Also, was ist los?«

Sie nahm sich vor, den Eistee nicht anzurühren. Allein die Vorstellung, auch nur winzige Mengen von Johannes Krieglers Speichel in sich aufzunehmen, verursachte ein starkes Kribbeln an ihrer Oberlippe.

»Also gut.« Es hatte keinen Zweck. »Ich hab das Gefühl, da läuft was zwischen ihr und ... diesem indischen Darsteller. Weißt du da was drüber?«

Kriegler sah sie an wie jemand, dem man gerade in den Bauch geschossen hat und der nicht glauben kann, daß der andere wirklich abgedrückt hat. Dann fing er plötzlich an zu lachen, er lehnte sich so weit zurück, daß sich das viel zu kleine Bibi&Tina-Shirt über seiner knöchrigen Brust spannte.

Marlen stand auf. »Ich hab dir bloß eine Frage gestellt. Ein einfaches Ja oder Nein hätte mir da gereicht. Aber du mußt ja wieder 'ne Show abziehen.«

Sie ging durch den Flur und öffnete die Haustür. »Danke für den Eistee«, rief sie in die Küche. »Und werd endlich erwachsen, Kriegler.« Marlen schlug die Tür hinter sich zu und ging um die Ecke, wo Lutz im Wagen auf sie wartete.

Bevor sie einstieg, sah sie sich noch einmal um. Hinter dem Krieglerschen Gartenzaun kniete Johannes' Vater vor einem Beet und pflanzte irgendwas ein.

30. Sometimes it snows in April

»Margit?«

Er rief nur aus Gewohnheit; nicht, weil er wirklich damit rechnete, sie anzutreffen. Es war kurz vor sechs, sie mußte längst im *Dorfkrug* sein, und Franz war bloß nach Hause gekommen, um sich ein frisches Hemd anzuziehen. Das, was er am Leib trug, war dermaßen durchgeschwitzt, daß er bei seinem letzten Gespräch die Anzugjacke bis oben hin zugeknöpft hatte, um nicht unangenehm aufzufallen. Natürlich hatte das den Effekt nur verstärkt: Er hatte noch mehr geschwitzt, nicht nur wegen der Hitze, sondern auch, weil seine Verhandlungen um die Schneekanone in die entscheidende Phase getreten waren.

Der Bürgermeister war zunächst alles andere als begeistert gewesen: Er wußte nur zu gut, was es für einen Aufwand bedeutete, das Ding wieder in Gang zu setzen. Innerhalb einer einzigen Nacht eine völlig undurchführbare Mission, meinte er, und spätestens bei den Kosten hatte er energisch den Kopf geschüttelt: Gut eine halbe Million Euro pro Quadratkilometer Schnee, ob er von allen guten Geistern verlassen sei? Franz wisse doch selbst, weswegen die Anlage damals für nicht mehr tragbar befunden worden sei; die Turbine verbrauche allein in einer halben Nacht so viel Energie wie ein Vierpersonenhaushalt in einem Jahr, und um die erforderliche Wassermenge aufzubringen, müßte ein halber See leergepumpt werden. Abgesehen davon gebe es Umweltschutzverordnungen, die man nicht einfach ignorieren dürfe, und die ganze Aktion heimlich durchzuführen, war seiner Ansicht nach erst recht nicht möglich.

Aber Franz war hartnäckig geblieben: Es gehe schließlich nicht um die Beschneiung der ganzen Region, sondern nur um ein paar Ausschnitte; er habe sich die Stellen, die vom Set aus zu sehen seien, genau eingeprägt und werde einen Techniker sowie zwei Freunde mobilisieren, die das alles mit ihm durchzögen, heute nacht. Das Ganze sei nicht halb so aufwendig, wie er denke, außerdem hätten sie sowieso keine andere Chance: Der Umzug in die Schweiz koste schließlich auch Geld und bedeute definitiv das Ende des Unternehmens, und wie er *das* den Bürgerinnen und Bürgern erklären wolle, darüber könne er sich ja schon mal Gedanken machen.

Der Bürgermeister hatte schließlich keine andere Wahl gehabt, als Franz grünes Licht zu geben. Aber wenn irgend etwas schiefginge, hatte er gesagt, wenn auch nur das geringste Detail dieser Sache nach außen dringe und die ganze Aktion nach hinten losginge, müsse Franz die volle finanzielle Verantwortung für alles übernehmen – und natürlich auch seinen Posten räumen.

Der Bürgermeister hatte ihm den Rücken zugewandt und gesagt, er wolle jetzt nichts mehr davon hören, er wünsche ihm Glück, das sei alles, was er noch für ihn tun könne.

Nach dem Termin hatte Franz seine Krawatte, die er im Verlauf des Gesprächs immer weiter gelockert hatte, ganz abgezogen und sich um die Hand gewickelt wie ein Boxer seine Bandage. Die Abendsonne hatte eine knallharte Rechts-Links-Kombination einstecken müssen, dann war er wieder in sein Cabrio gestiegen.

Er öffnete die Tür zum Schlafzimmer. Sobald er sich umgezogen hätte, würde er versuchen, den Techniker zu erreichen. Es mußte eine Möglichkeit geben – und Franz war bereit, für herausragende Kreativität einen angemessenen Preis zu zahlen. Seiner Erfahrung nach gab es niemanden, der unter besonderen Umständen nicht plötzlich doch noch einen Weg sah.

»Margit?«

Er hatte etwas gehört. Eine Tür, hinter sich.

Er fuhr herum. »Was *tust* du hier?«

»Oh, ich ... hab noch nicht mit dir gerechnet, ich ...«

»Warum bist du nicht im *Dorfkrug*?«

Sie trug das Kleid, das sie zu ihrer Hochzeit getragen hatte. Augenscheinlich hatte er sie beim Schminken überrascht.

»Es ist ... noch nicht fertig, ich wollte ...«

»*Was* ist noch nicht fertig?«

»Es sollte eine Überraschung werden.«

»Oh ja, die ist dir gelungen.« Franz lachte. »Ich bin sogar sehr überrascht, dich hier anzutreffen, während du woanders dringend gebraucht wirst. Aber du hast ja nichts Besseres zu tun, als dich in aller Seelenruhe aufzubrezeln. Für wen, will ich gar nicht wissen.«

Franz zog den Kleiderschrank auf und hörte Margit

etwas flüstern, das so ähnlich klang wie »Für dich, Franz«; er warf die Anzugjacke aufs Bett, zog sich das nasse Hemd vom Leib und ging ins Bad.

Als er wieder ins Schlafzimmer kam, stand seine Frau am Fenster und sah auf die Straße.

»Es stimmt also doch«, sagte sie.

Franz zog ein frisches weißes Hemd vom Bügel und wählte die rote Seidenkrawatte mit dem Löwenkopf dazu, die ihm Joschi vor vielen Jahren mal aus dem Safari-Urlaub nach der Wende mitgebracht hatte.

»*Was* stimmt also doch?« Er konnte es nicht ausstehen, wenn sie in Rätseln sprach, um ihren Worten mehr Gewicht zu verleihen.

»Was man sich so erzählt. Du fährst mit einem roten Cabrio durch die Gegend und machst ... komische Sachen.«

Franz knöpfte das Hemd zu und legte sich die Krawatte um den Hals. Der kühle, trockene Stoff auf seiner Haut tat ihm gut; er fühlte sich wie ein Ritter in neuer Rüstung.

Sollte sie in ihrem Hochzeitskleid seinetwegen fünf Dutzend vietnamesische Gemüsehändler empfangen: Er mußte das Dorf vor dem Untergang bewahren. Da zählten Werte wie Großmut und Tapferkeit. Da durfte man sich nicht von kleinen Eifersüchteleien beeinflussen lassen. Wahre Größe zeigte sich im Vertrauen. Im bedingungslosen Vertrauen in den Lauf der Dinge. Und Franz war zunehmend davon überzeugt, daß die Dinge seit spätestens ein paar Stunden endgültig für ihn liefen. Er nahm die Anzugjacke vom Bett und ging noch einmal ins Bad, ohne seine Frau anzusehen. Das rote Cabriolet war ein Zeichen gewesen. Es war ihm direkt vor die Füße gefallen.

Nur noch eine letzte Prüfung, dachte er. Eine letzte Hürde. Dann wird alles gut. Dann werden sie mir ein Denkmal setzen wollen, ein Denkmal mitten auf dem Marktplatz.

Als er in den Flur trat, hörte er Musik aus dem Wohnzimmer. Er kannte diese Musik. Aber er wußte nicht, woher. Franz schloß die Haustür hinter sich und stieg in sein Cabrio. Sein Blick glitt noch einmal an den Fenstern entlang. Im Wohnzimmer stand seine Frau und hatte eine Hand an die Scheibe gelegt.

Sie sah ihn an.

Dark Side Of The Moon. Jetzt fiel es ihm wieder ein.

Woher kannte er diese Musik?

31. Wie ist das, in ein Land zu kommen, in dem einen niemand kennt?

John-Boy und ich sitzen vor dem Fernseher, wie diese beiden Alten in der Loge der Muppet-Show. Wir spielen Werbungraten, beklagen ein bißchen den Verfall der Werte und geben uns die schlechtesten Vorabendsender als gezappten Loop. Gestern, als ich mit Yash an unserem Platz saß, hätte ich John-Boy gern da gehabt. Jetzt, wo ich ihn dahab, sehne ich mich nach einer weiteren Mondgott-Geschichte von Yash.

»Hast du dir deine Eltern schon mal beim Sex vorgestellt?« frage ich, weil ich daran denke, daß mir meine Mutter verboten hat, heute zu früh nach Hause zu kommen, weil sie nämlich mit einem »romantischen Essen für Verliebte« ihre Ehe retten will – vermutlich, um ihren Gatten anschließend zu *verführen*: eine Vorstellung, die mich zutiefst befremdet.

»Ich beobachte meinen Vater täglich beim Vertikutieren des Rasens, wenn du das meinst«, sagt John-Boy; eine Antwort, die ihn zu einem brandheißen Anwärter auf den diesjährigen Charlie-Luckhalter-Bang-Bang-Comedy-Award macht.

Trotzdem sähe ich gerade lieber Yash dabei zu, wie er vor einem Bergpanorama Blumen pflückt, als den *Nachrichten aus der Region*-Trailer über mich ergehen zu lassen. Und plötzlich bewahrheitet sich ein Satz, den ich schon in so unterschiedlichen Modifikationen gehört und gelesen habe, daß ich nicht mehr weiß, von wem er ursprünglich stammt. Er besagt, daß man vorsichtig sein soll, was man sich wünscht, weil die Gefahr besteht, daß der Wunsch in Erfüllung gehen könnte. Denn Yash pflückt jetzt tatsächlich auf dem Bildschirm vor einem Bergpanorama Blumen.

Um sicherzugehen, daß ich keinem Trugbild zum Opfer falle, blicke ich kurz nach links, aber John-Boy sieht aus wie immer, natürlich, schließlich weiß er wahrscheinlich gar nicht, wer der Blumenfreund ist, aber dann verändert sich sein Gesicht doch, und ich gucke wieder zum Fernseher und entdecke Marlen, formatfüllend ihren Charme einsetzend.

»Da ist Marlen«, bestätigt John-Boy; er scheint wirklich erstaunt zu sein, denn ich höre seine Stimme in diesem Moment zum ersten Mal frei von jeder Ironie. Ich erschrecke fast über den ungewohnten Klang und frage mich, warum er nicht häufiger ganz normal spricht.

Neben Marlen taucht jetzt auch Lutz auf, der stolz und wichtig lächelt, dann wieder Yash, und erst jetzt begreife ich, daß das die Aufzeichnung des Interviews ist, das ich heute aus einiger Entfernung mitansehen mußte und das Lutz für Marlen eingefädelt hatte.

Das Interview verläuft wörtlich so:

Marlen: *Hallo Yash, du bist einer der ganz großen Stars des indischen Bollywood-Kinos. Wie fühlst du dich hier?*

Yash: *Naja, es ist ... klein hier und frei, also, es gibt viel Platz, und es ist nicht so ... warm wie bei uns.*

Anmerkung Charlie in Gedanken: Entweder ist Yash sehr nervös, oder er redet extra so, um Marlen schnell loszuwerden und kompliziertere Fragen zu vermeiden.

Marlen: *In Indien kannst du ja kaum auf die Straße gehen, ohne von Verehrerinnen erdrückt zu werden. Wie ist das, in ein Land zu kommen, in dem einen niemand kennt?*

Yash: *Oh, sehr angenehm. Ich kann mich frei bewegen und hingehen, wo ich will. Sogar ohne Bodyguards, manchmal. Ich bin ein ganz normaler Mensch hier und kann normale Dinge tun, wie alle. Für mich ist das das Paradies. Überhaupt sind alle, mit denen wir hier zu tun haben, sehr nett.*

»Marlen war heute übrigens bei mir«, sagt John-Boy plötzlich.

»Und? Was hat sie gewollt?«

»Wissen, ob du was mit dem Typen da hast. Und keinen Eistee trinken.«

»Lächerlich.«

»Find ich auch«, sagt John-Boy. »Ihr Frauen denkt um so viele Ecken, da käm echt niemand drauf.«

»Hmmm«, sage ich und widme mich wieder dem Interview, das jetzt in die entscheidende Phase tritt.

Marlen fragt: *Und was sagst du so zu den Mädchen hier?* Sie wirft ihr Haar herum, was Yash die Gelegenheit gibt, unbemerkt einen Blick über ihre Schulter zu werfen, auf einen Punkt außerhalb des Bildausschnitts: ein Punkt, der zufälligerweise genauso heißt wie ich. *Gefallen sie dir? Hast du vielleicht schon jemanden kennengelernt?*

Yash lächelt mich an. Im Fernsehen sieht es für den normalen Zuschauer aber so aus, als würde er in diesem Moment Marlen anlächeln. Er sagt: *Das einzige Mädchen, mit dem ich hier jemals länger sprechen werde, sehe ich gerade vor mir.*

Ein unglaublicher Satz, denke ich: Er funktioniert in jede Richtung, und es gibt niemanden, der mit dieser Antwort unzufrieden sein könnte, weil sie sowohl für Marlen, für das Team, die Fernsehzuschauer und das indische Volk etwas völlig anderes bedeutet.

Aber nur eine Person auf diesem Planeten versteht sie richtig. Nur ein Mensch kennt die Wahrheit hinter diesem Satz, weil er nur für diesen einen Menschen gesagt worden ist, und dieser Mensch fühlt sich gerade ziemlich gut.

Noch eine Stunde, denke ich. Nur noch eine winzige Stunde. Dann werde ich Töpfe und Pfannen auf ein Gasfeuer stellen, um für den klügsten Mann der Welt das Essen zu erwärmen.

32. Ein romantisches Essen für Verliebte

Es klingelte an der Tür.

Margit wischte sich schnell die Tränen aus dem Gesicht und hoffte, daß ihre Schminke nicht verlaufen war.

Eigentlich war es zu früh. Franz ging immer gemeinsam mit dem Team zum Essen, aber vielleicht hatte ihn Joschi tatsächlich sofort hierher zurückgeschickt. Obwohl sie gar nicht sicher gewesen war, ob er überhaupt zurückkommen würde.

Und warum klingelte er? Franz hatte noch nie seinen Schlüssel vergessen! Margit strich sich die Schürze glatt, brachte ihre Frisur in Ordnung und hoffte, daß Joschi ihrem Mann den Kopf zurechtgerückt hatte. Sie hätte den Ofen fast schon wieder ausgestellt. Nach seinem Auftritt vor einer halben Stunde war ihr der Appetit vergangen – und die Aussicht, alleine essen zu müssen, bei Kerzenschein und dieser Musik, machte sie traurig.

Sie öffnete die Tür.

Wie damals: Er hielt eine einzelne Blume in der Hand, hatte den Kopf gesenkt und sah auf seine Schuhspitzen.

Nur war das nicht Franz, der da vor ihr stand.

»Störe ich?«

Vu hielt ihr die Blume hin. »Aus dem Garten eurer Nachbarn.« Er lächelte.

Margit nahm die Blume, unfähig, etwas zu sagen, und Vu holte eine dünne grüne Plastiktüte hinter seinem Rücken hervor. »Das ist gestern nicht mitgekommen. Noch mehr Kurkuma. Und Kreuzkümmel. Dachte, du brauchst das bestimmt. Ich hab die Tüte in den *Dorfkrug* gebracht, aber die haben gesagt...«

»Komm rein.« Margit trat zur Seite. »Entschuldige bitte.«

Sie schämte sich, daß es ihr guttat, ihn zu sehen.

»Ich störe doch bestimmt.« Vu folgte ihr zögernd. »Du hast gekocht, und ich wollte nur...«

»Nein«, sagte sie, »du störst nicht.«

Sie führte ihn in die Küche, wo der Tisch bereits gedeckt war. »Setz dich.«

Vu hockte auf dem Stuhl wie ein Erstkläßler, der ein Gedicht auswendig gelernt hat und sich jetzt nicht traut, es vorzutragen.

»Möchtest du Wein?«

Natürlich mußte ihn das alles verwirren: Er hatte ihr nur einen Gefallen tun und zusätzliche Gewürze bringen wollen – und jetzt fand er sich an einem gedeckten Tisch wieder, mit brennenden Kerzen – und sie trug auch noch ein so festliches Kleid. Margit würde ihn aufklären müssen. Aber irgendwie genoß sie seine Hilflosigkeit; auf eine gewisse Art hatte sie Spaß daran, ihn zu verunsichern.

Sie schenkte ihm Wein ein, aber er winkte sofort ab.

»Wo ist dein Mann?« fragte Vu. »Für wen hast du den Tisch gedeckt?«

»Für uns.« Margit lächelte. »Ich hoffe, du magst Rinderbraten.«

Auf einmal hatte Vus sonst so fröhliches Gesicht einen bekümmerten Ausdruck. All die kleinen Fältchen, die normalerweise ihren Beitrag zu dem strahlendsten Lächeln des Dorfes leisteten, ließen ihn auf einmal alt wirken.

Margit ging zum Herd, um nachzusehen, wie weit das Fleisch war.

»Margit ...«

»Schon in Ordnung.« Sie trat wieder zu ihm. »Es ist alles in Ordnung.« Sie setzte sich, schenkte auch ihr Glas voll. »Franz kommt heute nicht zum Essen, und ich würde mich freuen, wenn du mir etwas Gesellschaft leisten würdest. Das heißt, wenn du noch nichts vorhast.«

Vu hob sein Glas. »Nein«, sagte er. »Ich weiß nur nicht, ob es eine gute Idee ist, daß wir ...«

»Sei nicht albern.« Sie ließ ihr Glas gegen seines schlagen. »Franz wäre glücklich, wenn er wüßte, daß ich nicht alleine essen muß. Er ist gerade sehr ... eingebunden in diese Sache.«

Er sah sie an. »Und das macht dich so traurig?«

»Ich bin nicht traurig.«

Vu deutete auf ihr Gesicht. »Ist kaum zu übersehen.«

Margit ging zum Herd und duckte sich vor den Schnellkochtopf. Ihr Gesicht wurde in dem glänzenden Edelstahl verzerrt, aber daß ihre Wimperntusche auf einer Seite zerlaufen war, sah sie auch so.

»Tut mir leid.« Sie wollte gerade ins Bad gehen, als Vu zaghaft aufstand und sie zurückhielt.

»Nein«, sagte er. »Mir gefällt das. Genau so.«

Er schien nach etwas Bestimmtem Ausschau zu halten. Dann nahm er eine Kerze vom Tisch, die noch nicht brannte, zerrieb den schwarzen Docht zwischen seinen Fingern und schmierte sich Ruß unter die Augen.

Margit war froh, daß in diesem Moment »Dark Side Of The Moon« zu Ende war. Sie würde etwas anderes auswählen.

33. Die Luft in den Bergen

Als Marlen mit Lutz in den *Dorfkrug* kam, saß das Team schon am Tisch. Auch Yash hatte seinen Stammplatz bereits eingenommen, er lauschte einer gedämpften Unterhaltung zwischen Rahul und dem Kameramann, ohne Marlens Ankunft zu bemerken.

Marlen verstand nur ganz wenige Worte, Rahul redete aufgeregt und sehr schnell, aber aus seinen Gesten, seiner Stimmlage und den paar Brocken, die sie verstand, reimte sie sich zusammen, daß der Dreh abgeblasen werden sollte, daß die Crew vermutlich morgen in die Schweiz führe.

»Was reden die da?« Lutz zog ihr den Stuhl zurück. »Die machen ja Gesichter, als zwänge man jeden von ihnen, eine ganze Kuh zu verspeisen!«

»Die sind nur müde.« Marlen hatte keine Ahnung, wie ernst es Rahul mit dem war, was er gesagt hatte. Aber sie hielt es für besser, daß Lutz noch nichts davon mitkriegte. »Das Klima strengt sie an. Die Luft in den Bergen.«

Lutz nickte. Er roch nach einem anderen Parfüm als sonst. Teurer.

»Du riechst gut«, sagte sie, um das Thema zu wechseln, und in diesem Moment kam Charlie mit den ersten Tellern aus der Küche, dicht gefolgt von Joschi.

»Wo ist denn Charlottes Mutter?«

Marlen zuckte mit den Schultern. »Ich vermisse noch jemand anderen.« Sie deutete mit dem Kopf auf die Lücke zwischen Rahul und dem Bürgermeister, und wie auf Kommando wurde die Tür hinter ihr geöffnet, und Franz Luckhalter betrat den Raum. Zumindest vermutete Marlen, daß es sich bei der Gestalt um Charlies Vater handelte, denn sie erkannte ihn kaum: Sein Gesicht wirkte ausgebrannt, die Haut schimmerte unter der Firnis kalten Schweißes. Marlen hatte Angst, daß er sie ansehen, daß sie diesem Blick begegnen könnte, aber Franz ging direkt zu seinem Stuhl; er bewegte sich wie eine Aufziehpuppe und bemerkte wohl erst als er sich setzte, daß an seinem Platz kein Besteck lag.

Rahul fing an, auf ihn einzureden, seine Stimme wurde dabei immer lauter: »Give me the key, Frank! Give it to me now!«

Charlies Vater griff, den Blick auf etwas gerichtet, das vermutlich nur er sah, in seine Jackentasche und reichte Rahul die Schlüssel für das Cabrio. Joschi setzte die letzten Teller ab und kam zu ihm. Franz schien sich nur mit Mühe auf das konzentrieren zu können, was sein Freund ihm zu erzählen versuchte; Marlen rechnete damit, daß er nach vorne kippen, daß sein Kopf einfach auf den Tisch fallen würde, doch statt dessen geriet er sowohl mit Joschi als auch mit Rahul in einen Streit, aus dem sie nur etwas von falschem Zeitpunkt und großer Enttäuschung heraushörte, sie redeten von beiden Seiten auf ihn ein, auf deutsch und auf englisch, und plötzlich schlug Franz seine Fäuste auf den Tisch und stand wieder auf. Er versetzte seinen ganzen Körper in Spannung, breitete kurz die Arme aus, reckte beide Daumen nach oben, und das Lächeln, das dabei auf seinem Gesicht lag, verlieh seinen Zügen etwas Unheimliches.

»Völlig fertig«, sagte sie. »Siehst du das? Der Typ ist völlig fertig.«

»Nein«, sagte Lutz. »Der ist nur müde. Das Klima macht ihm zu schaffen. Die Luft in den Bergen.«

Charlies Vater rief etwas, das so ähnlich klang wie »ich segne euch«, dann öffnete er die Tür und verließ den Raum. Schneller, als er gekommen war.

34. Kanonenfutter

Franz sprang mit Anlauf hoch an das Einbahnstraßenschild und schlug seine Faust dagegen, daß das Blech schepperte. Da hatte sie sich wirklich genau den richtigen Abend für so eine Aktion ausgesucht. Als hätte er nicht schon genug um die Ohren! Er rieb sich die Faust und trat gegen eine Mülltonne. Seine Hand schmerzte, aber es tat gut, die Faust gegen Dinge zu schlagen, die als stabiler galten als er.

Margit brachte seinen ganzen Plan durcheinander. Wahrscheinlich erwartete sie, daß er sich auch noch darüber *freute*. Aber er mußte jetzt erstmal zwei Helfer organisieren und die Schneekanone holen, die seit einigen Jahren unangetastet in irgendeiner Ecke von Pollkes Kuhstall herumstand. Aber Pollke selbst würde er nicht um Hilfe bitten können; seit dem Unfall wollte er sicher nichts mehr mit ihm zu tun haben. Pollke war nachtragend. Und dummerweise hatte Franz in der ersten Wut damit gedroht, ihn der Versicherung gegenüber als Schuldigen anzugeben.

Franz holte den Schlüssel für den Transporter aus der Touristeninformation, blätterte ein paar Faxe durch, ohne sich wirklich damit beschäftigen zu wollen, und hob den Hörer ab. Ein paar Anrufe später hatte er mit dem Techniker alles besprochen und in Walter Hagemeister und dem Vater von Marlen zwei Helfer gefunden.

Franz' Magen knurrte. Wenn die Kanone erst einmal an die erste Position gebracht ist, werde ich zu Margit fahren und einen Happen mit ihr essen, beschloß Franz. Er hatte Hunger, und sie würde sich bestimmt freuen.

Beim Verlassen des Büros klopfte er aus alter Gewohnheit gegen das Barometer. Der Luftdruck stieg weiter. Franz lachte; er schloß die Tür ab, stieg in den Sprinter und drehte den Zündschlüssel.

35. Wie im Film

»Hör mal zu, Frollein. Ich bin vielleicht 'n bißchen langsam. Aber ich bin nicht dämlich.« Joschi winkt mich näher ran, und ich tu ihm den Gefallen und lege mein Ohr dicht an seinen Mund. »Hab doch sofort gemerkt, daß da was im Busch ist«, flüstert er. »Merkt doch 'n Blinder. Aber von mir erfährt keiner was.« Er macht ein Großes-Ehrenwort-Zeichen und riecht nach seinem Schnaps. »Kannst dich drauf verlassen.«

»What does *Frollein* mean?« fragt Yash, der es plötzlich ablehnt, in meiner Muttersprache mit mir zu reden.

Ich lächele geheimnisvoll und sehe mich um. Außer Heiko Hagemeister, flankiert von Dick & Doof, die in einem finsteren Winkel des *Dorfkrugs* mal wieder den Geldspielautomaten bearbeiten, ist niemand mehr hier. Auch Yashs Bodyguards, die es zur Rechtfertigung ihrer Berufsbezeichnung mittlerweile ausreichend finden, ihn im Frühstückssaal zu grüßen, sind schon weg. »Das bedeutet soviel wie: die Schönheit der Morgenröte.«

Yash scheint zufrieden mit der Antwort. Er kriegt einen ganz verträumten Gesichtsausdruck. »So what about another *Schnaps*, Frollein?«

Auf das Stichwort »Schnaps« reagiert Joschi mit einem Pawlowschen Reflex: In affenartiger Geschwindigkeit füllt er unsere Gläser wieder auf, und ich nutze seine wachsende Zutraulichkeit, um eine Frage zu stellen, die mich wirklich beschäftigt: Ob er sich vorstellen kann, daß mein Vater und meine Mutter sich heute Nacht mal wieder richtig nahkommen werden, also so *richtig* nah?

Der Wirt zuckt die Schultern: »Dein Vater und deine Mutter, das is'n Kapitel für sich.«

Im Hintergrund beschimpft Heiko Hagemeister den Geldspielautomaten als »verfickte Scheiß-Kiste«, und ich gebe ihm zu verstehen, daß er sich nicht zu mühen brauche, er rede gerade mit technischem Gerät, das weder hören noch sprechen könne.

Bevor Hagemeister antworten kann, verspricht uns Joschi zum Abschluß eine Runde aufs Haus; Hagemeister und seine Jungs kommen an den Tresen, und ich bin spontan versucht, den Herrn Joschi ganz oben auf die Liste der brandheißen Anwärter auf den diesjährigen Charlie-Luckhalter-Bang-Bang-Friedensnobelpreis-Award zu setzen.

Der Wirt aber verlangt nur ein Lächeln und daß ich ihn beim Zuprosten ansehe, zwei Wünsche, denen ich gern entspreche, und drei Schnäpse später erklärt sich Yash (ausgelöst durch eine sicher nicht ganz ernst gemeinte Frage von Joschi) bereit, uns das Wesen des Bollywood-Films durch ein Spiel mit verteilten Rollen nahezubringen. Meine entschiedenen Einwände diesbezüglich gehen im allgemeinen Gejohle unter, und so finde ich mich wenige Minuten später als Laiendarstellerin auf der Kleinkunstbühne eines absurden Theaters wieder.

Yash und ich, wir sind die Guten, also das Paar, das sich am Ende kriegt. Heiko Hagemeister spielt den Vamp: eine unsittliche Frau, voll mit westlichen Einflüssen. Seine Aufgabe besteht darin, sich das T-Shirt über dem Bauch hochzuknoten, seine Brüste zu schütteln, Whisky zu trinken, Yash Zigarettenrauch ins Gesicht zu blasen und die Urinstinkte des Helden anzustacheln.

Er macht das ziemlich gut, finde ich. Nicht nur das mit dem Whisky, auch das mit den Brüsten: Er hat sich Orangenhälften in sein T-Shirt gewickelt und wird deswegen morgen, wenn er wieder nüchtern ist, von seinen Freunden zu hören bekommen, daß er ausgesehen hat wie ein bekiffter Transvestit in einer Hula-Show.

Im Gegensatz zu Hagemeister, der sein Haar offen

tragen darf, soll ich mir einen echt indischen Zopf machen, was aus zwei Gründen nicht geht: Erstens ist mein Haar nicht lang genug, und zweitens gibt es hier niemanden, der Zöpfe flechten kann. Also reicht auch ein einfaches Gummiband, mit dem ich kaum anders aussehe als vorher.

Es schließt sich der Moment an, in dem ich mir wünschte, Joschi hätte die Tür abgeschlossen und die Fenster vernagelt: Ich muß meinen Verehrer Yash necken, indem ich mich seinem Verlangen entziehe. Ich erröte ob seiner Hingabe und bewahre mir meine Tugendhaftigkeit im Angesicht wachsender Wollust, um am Ende meine Ehre seiner patriarchalischen Obhut zu überlassen.

Das klingt kompliziert, aber meine schauspielerische Leistung besteht eigentlich nur aus schüchternem Zu-Boden-sehen und geziertem Herumgetrippel. Eine Rolle, die mir nicht gerade auf den Leib geschneidert ist.

Dick und Doof dagegen erweisen sich als Idealbesetzung: Dick spielt den Gegenspieler und Nebenbuhler von Yash, der ihm nach dem Leben trachtet, weil nämlich ich, die Gute, eigentlich ihm, dem Bösen, versprochen bin, und Doof mimt die blutrünstige Leibgarde des Schurken.

Für Joschi bleibt nur noch die undankbare Rolle des gemeinen Stiefvaters, der mich mit Dick verheiraten will. Er schreit mich die ganze Zeit an und pöbelt rum, und ich schlage die Hände vors Gesicht und weine und gehe aus dem Zimmer, und er rennt hinter mir her und schreit weiter.

Natürlich wird das schnell langweilig, und irgendwann hat Yash ein Einsehen und stellt die nächste Szene vor: Ich muß mit ihm vor dem schneebedeckten Gipfel des heiligen Bergs tanzen (der Theke), er pflückt mir Blumen (ein paar Kätzchen von den Weidenzweigen auf den Tischen) und singt dazu indische Verse, mit denen er mir zu verstehen gibt, daß er für mich sterben will; eine Ankündigung, die ich vor nicht allzu langer Zeit in echt gehört habe, also im Film, wo die Szene ja eigentlich herkommt und hingehört, dabei ist das hier viel echter, weil es *wirklich* passiert und ich Yash *anfassen* kann, aber trotzdem ist das alles nur der Versuch, ein Original nachzuahmen, das nicht real ist; ein Gedanke, den John-Boy sicher gemocht hätte.

Wie im Film lege ich Yash die Hand vor den Mund, öffne meine zweite, mit Paprika bestreute Hand und singe: »Chutki bhar sindur se tum, ab yeh maang zara bhar do. Kal kya ho, kisne dekha; sab kuchh aaj abhi kar do«, was übersetzt soviel bedeutet wie: *Nimm ein wenig Zinnober und fülle meinen Scheitel. Niemand weiß, was morgen ist, tu es hier und jetzt!*

Glücklicherweise streut mir Yash das Paprikapulver nicht hier und jetzt auf den Kopf, weil er nämlich erst noch seine Widersacher töten, ein paar gesellschaftliche Grenzen überwinden und der westlichen Welt entsagen muß.

Zur Hochzeit aber sind alle Widersacher schon wieder auf den Beinen, um uns zuzujubeln, und am Ende kriegen Yash und ich vier Kinder, die alles Jungen sind.

Sie heißen Joschi, Heiko, Doof und Dick; wir trinken noch einen Schnaps und leben glücklich und zufrieden bis an unser Lebensende.

Dann müssen die Kinder ins Bett. Nur die Erwachsenen dürfen noch etwas aufbleiben und ein bißchen rausgehen, um vom heiligen Berg aus ins Tal zu sehen. Vielleicht auch, um noch ein wenig Paprikapulver in den Wind zu streuen.

36. Schneeverhältnisse

Lutz löste sich vom Fenster und trat ein paar Schritte zurück. Er war so verwirrt, daß er immer wieder vergaß, den Auslöser zu drücken. »Was zum Teufel *treiben* die da?« flüsterte er.

Yash tanzte noch immer mit der Luckhalter-Tochter auf dem Tisch, während Joschi und die Mofa-Gang am Boden knieten und Weidenzweige nach ihnen warfen. Der Hagemeister-Junge trug nur noch seine Unterhose, aus dem bauchfreien Tanktop plumpste eine halbe Apfelsine, und Charlotte Luckhalter war komplett in ein Tischtuch gehüllt.

»Die spielen die Hochzeitsszene.« Marlen starrte noch eine Weile durch das Fenster, dann wandte sie sich ab. »Laß uns gehen.«

»Bist du wahnsinnig? Jetzt, wo es spannend wird? Ich dachte, du willst rausfinden, was zwischen den beiden läuft!«

»Ich hab genug gesehen.«

Lutz legte vorsichtig einen Arm um ihre Schulter. Marlen schien nichts dagegen zu haben; sie schmiegte sich sogar etwas an ihn an und begann, traurig ein indisches Lied zu singen. Sie wirkte dabei so selbstvergessen, daß Lutz nicht wagte, sie danach zu fragen; er hatte Angst, daß sie sich dann von ihm lösen könnte, also neigte er nur den Kopf und roch an ihren Haaren. Er öffnete seine Augen erst wieder, als er die Tür zum *Dorfkrug* aufgehen hörte.

Marlen drückte ihn in die Knie und hockte sich neben ihn. Er spürte seinen Herzschlag. Aus unterschiedlichen Gründen.

Das Knattern der Mopeds entfernte sich; für einen Moment lauschten sie der Stille, dann zog Marlen ihn hoch und sah vorsichtig um die Ecke.

»Da sind sie.« Sie nahm seine Hand. »Los!«

Solange sie im Dorf waren, boten ihnen Hauseingänge oder parkende Autos immer wieder Schutz, aber als Charlotte und Yash den Hang raufgingen, wurden die Bäume, hinter die sie sich ducken konnten, spärlicher. Um keine Spuren zu hinterlassen, setzten sie ihre Füße genau in die Abdrücke, die Charlotte und Yash hinterlassen hatten, was es zwingend erforderlich machte, Marlen im Arm zu behalten.

»Paß auf, Lutz, du trittst immer haarscharf daneben!«

Seine Fototasche schlug ihm bei jedem Schritt gegen die Hüfte, er spürte deutlich die Kante des Teleobjektivs und sehnte sich zum ersten Mal in seinem Leben nach einer Digitalkamera zurück. Seine jetzige Ausrüstung wog etwa das Zehnfache, und bei schlechten Lichtverhältnissen wie jetzt war es sowieso fast unmöglich, damit zu fotografieren.

Marlen zog ihn am Ärmel. »Sie bleiben stehen!«

»Was machen wir jetzt?« fragte er, weil es ringsum nichts mehr gab, hinter dem sie sich verstecken konnten.

»Runter«, flüsterte sie, und Lutz war froh, daß an dieser Stelle wenigstens kein Schnee lag. Zögernd ging er in die Knie, befühlte den Boden und streckte sich aus. Marlen rückte so nah an ihn ran, daß er ihren Atem in seinen Haaren spürte.

»Was tun sie?« Er gab vor, in seiner Fototasche etwas zu suchen, doch in Wahrheit sollte sie ihm nur weiter ins Ohr flüstern und nie wieder damit aufhören.

»Ich weiß nicht«, sagte sie. »Sieht aus, als ob sie sich küssen.«

Lutz bekam einen Belichtungsmesser zu fassen. Er schloß seine Hand darum und drückte wahllos ein paar Knöpfe. Er spürte sein Herz in den Schläfen pochen.

37. Blinde Kuh

»Margit?«

Aus dem Wohnzimmer kam Musik. Das war nicht mehr »Dark Side Of The Moon«. Das war etwas anderes.

»Margit?« rief er noch einmal, obwohl es unmöglich war, daß sie ihn gegen die Musik hören konnte.

Klar war er zu spät. Es tat ihm leid, daß er sie hatte warten lassen. Aber schließlich ging es um alles. Vielleicht war dies der wichtigste Abend seines Lebens, und Franz war sicher, daß Margit das verstehen würde, wenn er es ihr erklärte.

»Bist du da?«

Eine seltsame Ahnung beschlich ihn. Etwas war anders im Haus.

Er ging zur Küche. Die Tür war geschlossen. Aus irgendeinem Grund, gegen jede Gewohnheit, klopfte er an, legte den Kopf an die Tür, als stünde er vor dem Zimmer einer Unbekannten. Sie schien ihn nicht zu hören. Er drückte die Klinke.

Warum stellt sie Musik an, wenn sie die Tür schließt, dachte er.

Dann hörte er etwas. Gelächter. Von seiner Frau. Und von jemand anderem.

Er öffnete die Tür.

Seine Frau kroch auf dem Küchenboden. Sie hatte die Augen mit einer schwarzen Seidenstrumpfhose verbunden. In der Hand hielt sie einen hölzernen Löffel, mit dem sie auf dem Parkett herumschlug. Am Tisch saß der Gemüsemann und klatschte in die Hände.

Franz registrierte jedes Detail, ohne eine Regung dabei zu verspüren: Die Teller mit den Sauceresten auf dem Küchentisch. Den halben Rinderbraten daneben, die beiden Weinflaschen, eine komplett, die andere zur Hälfte geleert, und nichts davon, nichts rührte ihn an; er betrachtete das Bild wie ein zum Tode Verurteilter, der sich alles noch mal ganz genau einprägen will, nur um sich später nicht vorwerfen zu müssen, das Leben nicht bis zur Neige gekostet zu haben; er stand wie hinter Glas: ein unbeteiligter Zuschauer, unbemerkt.

Vielleicht, dachte er, liegt es am Alkohol, daß man keine Notiz von mir nimmt. Selbst Margit mit ihren verbundenen Augen hätte zumindest *hören* müssen, daß die Musik lauter geworden war, als er die Tür geöffnet hatte, aber sie und der Gemüsemann machten einfach weiter mit Lachen und Klatschen, als wären sie noch immer unter sich, und obwohl das absurd war, fühlte sich Franz plötzlich als Eindringling, als Dieb von etwas, das nur seiner Frau und dem Gemüsehändler gehörte: Er *schämte* sich fast, hier zu stehen, so innig, so selbstvergessen wirkten die beiden in ihrem alkoholumwehten Spiel, daß ein Teil von ihm am liebsten die Tür wieder geschlossen und sie für sich gelassen hätte. Der andere Teil wollte den Gemüsehändler packen und schütteln, bis er sich nicht mehr rührte.

Franz hätte gern diese Tür geschlossen, aber er konnte nicht.

Margit kroch jetzt direkt auf ihn zu. Der Kochlöffel patschte immer näher an ihn ran, der Gemüsehändler drehte sich auf seinem Stuhl, und kurz bevor sie Franz erreicht hatte, sah er ihn an. Seine Hände erstarrten mitten in der Bewegung, das Lächeln rutschte aus seinem Gesicht wie eine Maske.

Natürlich war die Musik noch an, seine Frau kicherte noch immer und bearbeitete den Boden mit dem Kochlöffel, aber plötzlich hatte sich eine Stille um sie zusammengezogen, die sie auf den Urgrund der Kälte riß.

Franz lehnte sich an den Türrahmen.

Der Kochlöffel klatschte auf seine Schuhe.

»Hab dich!« rief Margit und riß sich die Augenbinde runter.

38. Prinzen

»Das ist ein Spiel«, sagt er. »Laß dich darauf ein, und es gibt keine Grenzen.«

Ich sehe ihn an. Ich versuche mich an meinen letzten Satz zu erinnern, weil ich nicht weiß, was er meint. Ich friere ein bißchen. Vielleicht, denke ich, habe ich ihm eine Frage gestellt. Vielleicht bezieht er sich generell auf das Wesen des Bollywood-Films. Vielleicht ist er auch einfach nur betrunken.

Er geht jetzt ganz nah an mich ran, aber ich kann sein Gesicht nicht erkennen. Der Mond ist hinter Wolken, nur der Schnee auf den Gipfeln leuchtet blau wie nächtliche Fernsehbilder hinter fernen Scheiben.

»Vergiß alles, was du bisher gelernt hast«, sagt er. »Nichts davon ist wahr.« Er nimmt meine Hand. »Vergiß, was du gesehen hast. Nichts davon ist wirklich.«

Das Weiße in seinen Augen sieht genauso blau aus wie der Schnee auf den Bergen. Ich erkenne ihn nicht, aber ich spüre seine Haut, als hätte er sein Gesicht vor eine Infrarotlampe gehalten. Egal, wie viele Schnäpse Joschi ihm gegeben hat: solange er meine Hand festhält, kann er sagen, was er will.

»Die Welt ist das, was du von ihr denkst«, sagt er, und ich denke: ja. Selbst das.

Er legt mir einen Arm um die Schultern, dessen Gewicht ich kaum spüre: »Denke nichts von ihr, und deine Welt verschwindet.«

Ich merke, wie er meine Kniekehlen umfaßt, sehe seine Zähne wie unter Schwarzlicht, er hebt mich hoch, dreht mich; ich sehe Sterne, richtige, zwischen den Wolken, und habe Angst, daß er ausrutscht.

»Hab Vertrauen.« Er keucht etwas, ich bin ihm wohl zu schwer: »Sei mit ganzem Herzen dabei, was immer du tust.«

Mir ist schwindelig. Und ein bißchen schlecht. Ich gebe ein Geräusch von mir, das er glücklicherweise richtig deutet: Er hört auf, mich rumzudrehen.

»Du redest wie der kleine Prinz«, sage ich; er legt mich ins Gras, streicht mir die Haare aus der Stirn, und ich bin dankbar, wieder festen Boden unter mir zu haben.

»Was ist der kleine Prinz?«

»Ein Kind«, sage ich.

Er lächelt, als hätte ich mir damit selbst den Wind aus den Segeln genommen.

»Du denkst, die Dinge lassen sich am besten ansehen, wenn man weit von ihnen entfernt steht. Doch um etwas wirklich zu verstehen, mußt du es *werden.*«

Er hat sich neben mich gelegt, den Kopf auf die Hand gestützt wie in einem seiner Filme.

»Als Kind«, sagt er; ich drehe mich auf die Seite und richte mich auf eine Geschichte ein, die länger dauert, als meine Knochen das aushalten, »als Kind habe ich nicht gewußt, daß das Meer groß ist und der Fluß heilig. Als Kind habe ich das Meer wie ein Kind gesehen, nicht unschuldig, weil die Schuld noch nicht erfunden war, aber ohne Zweifel, daß etwas nicht an seinem Platz sein könnte, obwohl auch der Zweifel nicht gefunden war, die Angst und die Teilung. Alles war noch ganz, und das Urteil war noch nicht zersplittert.«

»Hör auf«, sage ich. »Du klingst wie ein Märchenonkel.«

»Was ist ein Märchenonkel?«

»Ein Geschichtenerzähler.«

»Ich *erzähle* eine Geschichte.«

»Ein Märchenonkel erzählt erfundene Geschichten.«

»Was ist der Unterschied?«

»Erfundene Geschichten sind nicht passiert.«

»Meine passiert gerade.«

»Aber du erzählst sie wie etwas, das nicht passiert ist.«

»Bei uns ist jede Geschichte, jeder Tanz eine Antwort auf eine Frage, die sich nicht kürzer beantworten läßt.«

Um uns beide nicht weiter zu überfordern, stelle ich Yash zwischendurch eine unkomplizierte Frage: Was er morgen mit mir vorhat.

Er schweigt eine Weile. Dann sagt er: »Wir werden morgen abreisen.«

Vielleicht kann er nur nicht rechnen, denke ich. Oder er hat sich im Datum geirrt? Soweit ich informiert bin, sind noch zwei Drehtage angesetzt. Aber ich warte erst mal ab. Vielleicht kommt ja noch was. Nach solchen Sätzen kommt meistens noch was.

»Der Schnee schmilzt«, sagt er. »Wir können nicht drehen, wenn nicht genug Schnee da ist. Ein Berg ohne Schnee ist für unseren Film nicht heilig genug.«

Bevor ich lachen kann, läßt sich der Mond wieder blicken, und ich sehe, wie sich Tränen in seinen Augen sammeln.

»Tut mir leid«, sagt er. »Morgen fahren wir in die Schweiz.«

Ich brauche einen Moment, um zu verarbeiten, daß das jetzt anscheinend nicht mehr zur Geschichte gehört und wirklich wahr ist, und weil ich nicht allzu geschockt wirken will, frage ich, wie sie denn von hier aus so schnell in die Schweiz kommen wollen.

»Dein Vater bringt uns. Er hat uns angelogen. In dem Vertrag steht, der Schnee kann nicht schmelzen.«

»Mein Vater ist in letzter Zeit etwas ...«

»Er hat uns sogar versprochen, bis morgen alles in Ordnung zu bringen.« Yash reißt ein paar Grashalme aus und läßt sie aus seiner Hand rieseln. »Mit dem Schnee.« Er sieht mich an. »Es tut mir leid ... Frollein.«

Yash beugt sich zu mir, vermutlich um mich zu küssen, und in diesem Moment bereue ich, ihm nicht die Wahrheit gesagt zu haben. Ich will nicht, daß er mich Frollein nennt, bevor er mich küßt; ich zucke zurück, und gerade, als ich zu einer Erklärung anheben will, läßt mich ein infernalisches Brausen zusammenfahren. Es klingt, als würde eine Hubschrauberstaffel direkt über unsere Köpfe fliegen; ich schaue nach oben, und plötzlich spüre ich etwas Leichtes auf meinem Gesicht, lautlos wie ein Traum.

»Was ist das?!« brüllt Yash gegen das Tosen und springt auf.

»Schnee!« brülle ich zurück; ich breite die Arme aus und fange an zu lachen: »Das ist Schnee!«

39. Engel

Franz zog sich das Hemd über den Kopf und befahl Walter Hagemeister, die Kanone auf ihn zu richten.

»Mach schon!« brüllte er, aus Gewohnheit, weil sie sich seit Stunden nicht anders hatten verständigen können als schreiend. Daß er die Turbine gerade selbst ausgestellt hatte, wurde ihm erst jetzt bewußt, als er vor seiner eigenen Stimme erschrak: Sie war rauh und laut, und sie drohte zu kippen. »Stell das verdammte Ding wieder an!«

»Das kann ich nicht«, hörte er Walter wie durch Watte. »Das Ding bläst dich glatt weg auf die Entfernung!«

»Scheiße! Dann bläst es mich eben weg!«

Walter sah Marlens Vater an. Marlens Vater sah den Techniker an. Der Techniker zuckte mit den Schultern.

»Mehr als umfallen kann er nicht«, hörte er einen von ihnen.

Franz schloß die Augen. Sein Oberkörper war naßgeschwitzt, sein Gesicht glühte. Sie hatten das tonnenschwere Ding mit dem Rollgestell nach dem ersten Standort noch weitere viermal versetzt. Wie Irre waren sie mitten in der Nacht den Berg hochgefahren, um die Plätze ausfindig zu machen, von denen aus eine Beschneiung möglichst effektiv wäre; sie hatten mehrere

Stunden lang geschuftet, und abgesehen von seinem Anteil aus den beiden Kisten Bier hatte er noch immer nichts im Magen.

Franz breitete die Arme aus. »Los!« schrie er, die Turbine brüllte auf, und eine Mischung aus Schnee und Wind schlug gegen seine Brust. Franz drohte zu fallen, aber instinktiv lehnte er sich gegen den Sturm, er schnappte nach Luft, das Blut pochte immer stärker in seinen Schläfen, und zum ersten Mal hatte er wieder das Gefühl, unbesiegbar zu sein.

Er würde diesem Gemüsehändler schon beibringen, daß man so nicht mit einem Franz Luckhalter umsprang. Gleich morgen würde er ihm eine Lehre erteilen, die er so schnell nicht vergessen würde.

Der Schnee peitschte ihm ins Gesicht. Er öffnete den Mund, um die anderen aufzufordern, es ihm gleichzutun, doch der Sturm riß ihm die Worte von den Lippen, sog ihm die Luft aus den Lungen; er biß die Zähne zusammen und spürte, wie ihn eine Schneeschicht umschloß, wie seine Haut taub wurde vor Kälte, und kurz bevor er aufgeben wollte, riß der Strom ab; Franz kippte vornüber und schlug mit dem Gesicht in den Schnee.

40. Ultramarin

Bernd Pollke schreckte hoch. Er riß seinen Kopf aus den Kissen, raus aus wirren Träumen, Schnapsträumen zwischen Kopfschmerz und Harndrang, und auch wenn das da unten nicht gerade beruhigend geklungen hatte: Schlimmere Bilder als die, denen er gerade entronnen war, hatte selbst die wirkliche Welt nicht zu bieten.

Sein Unterhemd klebte am Körper; er zog die Vorhänge beiseite, ohne Licht zu machen. Vor seinem Stall stand ein weißer Kastenwagen mit laufendem Motor. Luckhalter ließ gerade die Tür zum Laderaum zurauschen und schwankte zur Beifahrerseite, den Oberkörper nur mit einem durchnäßten Trägerhemd bekleidet. Die Schneekanone ließ er einfach vor dem Stall stehen.

»Dreckskerl«, flüsterte Bernd gegen die geschlossene Scheibe. Er versuchte zu erkennen, wer da hinterm Steuer saß, konnte die Gestalt aber nicht identifizieren.

Bernd hörte, wie der Motor hochgejagt wurde, zweimal, dreimal; er wartete, bis der Wagen von seinem Hof verschwunden war, dann zog er auch die anderen Vorhänge auf. Einschlafen würde er jetzt sowieso nicht mehr können; es lohnte sich auch gar nicht für die eine Stunde, außerdem hatte er Angst, daß die Träume dann weitergingen.

Er strich über die gefaltete Decke auf der anderen,

seit Jahren unbenutzten Seite seines Bettes. Kurz vor ihrem Tod hatte sie von ihm verlangt, daß er es mit blauer Farbe anmalte. Eine dieser Ideen, für die er sie früher verflucht hatte.

Auch die Scheune hatte er blau streichen sollen; sie hatte den Farbton extra anrühren lassen, und noch immer standen die Eimer bei den Kühen, eine Mischung aus Himmelblau und Ultramarin, die ihn ein halbes Vermögen gekostet hatte.

Wie richtige Liebe zur falschen Zeit, dachte er und schlug die Decke zurück. Im Kühlschrank mußte noch eine angebrochene Flasche sein.

41. Vom Wesen des Glücks

Franz knipste das Licht an. Die Küche sah aus wie immer. Der Tisch, die Stühle. Einen Moment lang glaubte er sogar, daß er sich alles bloß eingebildet hatte. Er öffnete den Kühlschrank. Ein paar Dosen Bier. Frischhalteboxen aus Plastik, mit Alufolie verschlossene Schüsseln, ein Teller Kartoffeln.

Dann erinnerte er sich an etwas. Er zog den Ofen auf und sah den Braten in einer gläsernen Form. Es war noch ein gutes Stück da. Franz nahm den Teller mit Kartoffeln aus dem Kühlschrank, schnitt zwei dicke Scheiben Fleisch ab, goß Sauce darüber und schob das

Ganze in die Mikrowelle. Völlig egal, für wen sie das Essen nun gekocht hatte: Er war hungrig. Und dieser Braten war jetzt genau das Richtige.

Franz öffnete die Tür zum Garten und machte einen Schritt nach draußen. Es dämmerte bereits; die ersten Vögel fingen an zu zwitschern. Er hatte das Haus noch nie so erlebt. Jeder Gegenstand atmete Ruhe, die Morgenluft, das Licht...

Pling, machte die Mikrowelle. Franz sah, daß die Scheibe noch nicht beschlagen war. Er drehte den Schalter auf drei und stieg die Treppe hoch. Vorsichtig öffnete er die Tür zu Charlottes Zimmer. Seine Tochter lag in ihrem Bett. Sie schlief. Auf Zehenspitzen schlich er heran und beugte sich über sie. Wie ein Engel, dachte er.

Früher hatte er oft vor ihrem Bett gesessen und ihr beim Schlafen zugesehen. Jedesmal, wenn es ihm schlechtging. Manchmal auch einfach nur so. Einige Leute sahen in den Himmel, um zu wissen, was zählte. Franz hatte immer nur einen Blick in das schlafende Gesicht seiner Tochter werfen müssen.

Ein bißchen schämte er sich, einfach ihr Zimmer betreten zu haben. Was sollte er sagen, wenn sie aufwachte? – Tut mir leid, ich mußte dir unbedingt beim Schlafen zusehen, weil... ich es einfach mußte?

Franz gab ihr einen vorsichtigen Kuß auf die Wange, stakste über ihre Jeans hinweg, ihren Pullover, Unterwäsche (schlief sie nackt? Seit wann schlief sie nackt?!) und schloß sanft die Tür. Er spürte, daß sich irgendwas in ihm dagegen sperrte, auch einen Blick in sein Schlafzimmer zu werfen, bevor er wieder in die Küche ging.

Vielleicht hatte er Angst, daß seine Frau wach war. Er wollte jetzt nicht reden, und er wollte auch keine Erklärungen.

Er nahm den Teller aus der Mikrowelle, zog mit den Zähnen den Korken aus der noch halbvollen Weinflasche und setzte sich an den Küchentisch. Wie oft hatte er das früher getan: sich nachts allein an den Küchentisch gesetzt und der Stille gelauscht. Er hatte Wein getrunken und sich so gefühlt wie jetzt. Erschöpft. Glücklich. Und ein bißchen aufgeregt, weil er nicht wußte, was als nächstes passieren würde. Gerade diese Aufregung, die Erschöpfung; das Glück, etwas geleistet zu haben und gleichzeitig zu wissen, daß er es für seine Familie getan hatte, hatte ihm lange gefehlt. Jetzt war das Gefühl wieder da. Nur anders. Plötzlich war alles aus dem Ruder gelaufen. Er war sogar kurz davor, seine Frau zu verlieren, wenn er nicht aufpaßte. Aber er würde das in Ordnung bringen. Er würde seine Ehe in Ordnung bringen, wie er heute nacht den Berg wieder in Ordnung gebracht hatte.

Franz lächelte. Eine Meise hatte es sich auf einem der Gartenstühle bequem gemacht und blickte ihn an, den Kopf schief gelegt.

Er zog die Besteckschublade auf, legte Messer und Gabel neben den Teller und trank einen Schluck Barolo aus der Flasche. Dann überlegte er es sich anders. Er ging zum Küchenschrank, nahm ein Glas und zündete die einzige Kerze an, die noch auf dem Tisch stand. Er schenkte sich Wein ein. Und trank auf alles, was noch kommen würde.

42. Wie ein Kind, dachte sie

Margits Hand beschrieb einen weiteren suchenden Halbkreis über das sonnenbeschienene Laken neben ihr. Dann stellte sie den Wecker aus. Egal, wie schlimm sie zerstritten gewesen waren, egal, wieviel er getrunken hatte – eine ganze Nacht lang hatte Franz sie noch nie allein gelassen.

Als sie ihre Füße auf den Boden setzte, fühlte sie die Schwerkraft wie ein Gewicht an ihrem Körper. Sie ging ins Bad, setzte sich auf den geschlossenen Toilettendeckel und vergrub das Gesicht in beiden Händen. Margit versuchte, nicht darüber nachzudenken, wo ihr Mann sein konnte. Charlotte mußte in die Schule.

Sie zog ihren Morgenmantel an und ging in die Küche, um die Kaffeemaschine anzustellen.

Da saß er.

Ihr Mann saß am Küchentisch und schlief. Sein Kopf lag neben einem leer gegessenen Teller, einer leeren Flasche Wein, einem halbvollen Glas. Seine Haare waren verklebt, seine Kleidung feucht; er sah aus, als hätte man ihn kurz vor dem Ertrinken aus einem Fluß gezogen. Für einen Moment kämpfte die Erleichterung, ihn wieder bei sich zu haben, gegen ihren Zorn, aber schließlich betrachtete sie sein großes, schlafendes Gesicht neben dem Teller mit Sauceresten und mußte lächeln. Wie ein Kind sah er aus. Wie ein riesengroßes, glückliches Kind.

»Mama?«

Sie fuhr herum. Ihre Tochter stand in der Tür. Bekleidet mit nichts als einem dünnen Hemd.

»Lottchen!« Margit stieß Luft aus. »Hast du mich erschreckt!«

»Nenn mich nicht so.«

Margit strich sich eine Strähne aus der Stirn. »Was tust du hier?«

»Ich wollte frühstücken, was sonst?« Charlotte öffnete den Kühlschrank und schaute zuerst ihre Mutter, dann ihren schlafenden Vater an. »Und was treibt *ihr* hier?«

»Zieh dir was über, ja? Ich erklär dir alles später.« Margit räumte den Teller in die Spülmaschine, das Glas, sein Besteck und hörte, wie Charlotte die Treppe hochlief.

Sie bemühte sich, ganz leise den Tisch zu decken, und als Charlotte wieder vor ihr stand, fertig angezogen diesmal, fiel ihr auf, daß sie die ganze Zeit auf Zehenspitzen gestanden hatte. Die Kaffeemaschine stieß ein zaghaftes Röcheln aus.

»Hilfst du mir, deinen Vater rüberzutragen?«

Charlotte nahm sich eine trockene Scheibe Brot. »Muß ja 'n aufregendes Essen gewesen sein.«

Sie packten Franz an beiden Schultern und zogen seinen Oberkörper auf den Stuhl zurück. Margit öffnete die Tür zum Wohnzimmer. Gemeinsam schleiften sie den Stuhl vors Sofa, und irgendwie schafften sie es,

Franz auf das Leder zu wuchten, ohne ihn zu wecken, aber sie rutschten beide aus und fielen lachend auf den Teppich.

»Gut, daß du ihn schon geduscht hast«, sagte Charlotte. »Das spart Zeit, falls er heute noch mal aufwacht.«

Margit überlegte, ob sie ihm die nassen Sachen ausziehen sollte. Aber dann holte sie nur zwei Decken aus dem Schlafzimmer.

Als sie zurückkam, stand ihre Tochter vor dem Schallplattenspieler. »Seit wann hört ihr denn Pink Floyd?«

Margit breitete die Decken über den schlafenden Körper und stellte sich neben sie. Franz mußte die Platte wieder aufgelegt haben, als er nach Hause gekommen war. Der Teller drehte sich noch mit einem leisen Schleifen.

»Frag deinen Vater.« Behutsam hob Margit den Tonarm von der Platte und führte ihn in die Arretierung zurück. »Vielleicht fällt es ihm wieder ein, wenn er aufwacht.«

43. Das Gegenteil von Erlösung

Er hatte sie erst nicht erkannt. Die Sonne war genau hinter ihrem Rücken aufgegangen. Und als er dann wußte, wer sie war, konnte er nicht glauben, daß sie ausgerechnet zu ihm wollte.

Bernd war gerade damit fertig geworden, seine Kühe zu melken. Er hielt den Schemel noch in der Hand, als sie über den Hof hinweg auf ihn zusteuerte. Bernd hatte die Augen zusammengekniffen. Er war einfach stehengeblieben. Mal abwarten, hatte er gedacht. Mal abwarten, was denen noch so einfällt. Und das Warten hatte sich gelohnt. Die Geschichte war wirklich unschlagbar.

Er hatte die ganze Zeit dagestanden und nichts gesagt. Hatte nur zugehört. Und wenn alles nicht so entsetzlich traurig gewesen wäre, hätte er sogar darüber gelacht.

Ob sie also am nächsten Tag auf ihn zählen könne? Sie seien auf jeden angewiesen, der mitmache, sie würde ihm auch persönlich beim Schminken und bei der Auswahl des Kostüms helfen.

Helfen sei ein gutes Stichwort, hatte er geantwortet. Sie könne ihm gleich dabei helfen, die verdammte Schneemaschine wieder richtig hinzustellen, die diese besoffenen Volltrottel so geräuschvoll vor dem Tor seines Stalles abgeladen hätten, daß er eine Stunde zu früh aufgewacht sei. Und was ihre Anfrage betreffe, könne sie sich getrost zu ihren indischen Freunden begeben und ausrichten, daß er für Kniefälle in Zukunft nicht mehr empfänglich sei. Er nicht und seine Kühe auch nicht.

Nachher hatte es ihm leid getan, sie so rüde vom Hof vertrieben zu haben. Marlen konnte schließlich nichts dafür, daß plötzlich alle verrückt wurden. Er hatte ihr etwas nachgerufen, aber die Eintracht hatte so laut gebellt, daß sie ihn bestimmt nicht verstanden hatte.

Bernd versorgte die Eintracht, trieb die Kühe auf die Weide und holte die Wagenschlüssel. Er war schon lange nicht mehr im Ort gewesen, immer nur zum Einkaufen, doch als er jetzt in seinen 200er Diesel stieg, nahm er sich vor, jedem einzelnen in die Augen zu sehen.

Bernd parkte den Wagen am Marktplatz. Er legte den Kopf in den Nacken und sah die Kirchturmspitze wie einen Pfeil im Himmel stecken. Seit dem Tod seiner Frau war er nicht mehr dort gewesen. Nicht, daß er seinen Glauben verloren hätte. Aber er glaubte jetzt etwas anderes: daß man es auf ihn abgesehen hatte.

Bernd lief auf eine Ansammlung von Leuten zu, die in bunte Kleider und Tücher gehüllt waren. Wahrscheinlich planten sie jetzt die komplette Invasion des Dorfes.

Direkt vor ihm drehte sich eine von ihnen um. Aber das war keine Inderin. Das war die Frau des Bürgermeisters. Sie hatte einen roten Punkt auf der Stirn.

Ob er jetzt auch mit dabei sei, wollte sie wissen: Das sei gut, sie hätten viel zu wenig Männer!

Plötzlich verstand er. Und erkannte einen nach dem anderen: Den Apotheker. Die Frau vom Postschalter. Und in der Mitte: die Mutter von dem Mädchen, das heute morgen bei ihm gewesen war. Sie erklärte der Gruppe, wie sie sich zu bewegen hatte; ein kleiner Kassettenrecorder stand vor ihr auf dem Boden, doch bevor er der Frau des Bürgermeisters beim Bauchtanz zusehen mußte, machte Bernd, daß er wegkam.

Er erreichte den Rand des Marktplatzes, sah auf die Uhr und stieg die Stufen zur Kirche hoch. Die Chancen standen gut; um diese Zeit war heute sicher kein Mensch da. Waren ja alle auf dem Weg nach Indien. Er konnte eine Kerze für seine Frau anzünden und wieder verschwinden. Die Kirche stand schließlich allen Menschen offen. Auch denen, die mit Erlösung nichts mehr am Hut hatten.

Bevor er die schwere Tür nach innen drückte, sah er sich um, ob ihn jemand beobachtete, dann war er umgeben von Finsternis und Kälte. Seine Schritte hallten von den hohen Wänden wider, durch die farbigen Mosaikfenster fiel kaum Licht.

Wo waren die verdammten Kerzen? Konnte man sich denn nicht mal mehr in der Kirche darauf verlassen, daß etwas länger an seinem Platz blieb als drei Tage?

Ihn fröstelte. Derselbe kalte Geruch, wie von nassem Marmor. Bänke, auf denen ihm schon als Kind immer schlecht geworden war, weil sich die hölzernen Kanten tief in die Knie gedrückt hatten. Dazu der Geruch der Gesangsbücher: abgegriffenes Kunstleder, weinrot und fleckig, mit zerkratztem Goldschnitt. Weiße Gesichter, die ihre faltigen Mäuler öffneten, damit ihnen der Priester etwas reinschob: den Leib Christi. Eine geschmacklose Oblate, Backtriebmittel mit Wasser. Und den Wein soff der Pfaffe natürlich selbst, ob nun vor oder nach der Wende. Wie konnte man sich an so einem Ort Erlösung erhoffen? Von einem Menschen, der nicht die geringste Ahnung davon hatte, was Verlust bedeutete. Weil er zu feige war, etwas wirklich zu besitzen. Für jemanden einzustehen, der aus Fleisch und Blut war. Wie sollte man vor so jemandem Respekt haben?

Bernd ließ sich auf die hinterste Bank fallen und betrachtete das überdimensionale Kreuz auf dem Altar. Er legte die Füße hoch. Schon als Kind hatte er davon geträumt. Jetzt tat er es. Aber jetzt machte es keinen Spaß mehr. Er nahm ein Gesangsbuch, schlug es auf: *Je-su, mei-ne Zu-ver-sicht,* pfefferte es gegen einen Pfeiler; es flatterte wie hochfliegende Tauben und klatschte dann mit traurigem Hall auf den Boden. Der Typ da am Kreuz, was wußte der schon? *Für uns gestorben.* Pah. Aus dem Staub gemacht hatte er sich. Um sich jetzt noch von da oben lustig zu machen.

Bernd lief auf den Altar zu, über den roten Teppich die Stufen hoch, als er plötzlich Schritte hörte, die von überall her zu kommen schienen.

»Bernd!«

Lukas Windgartner kam hinter dem Altar hervor. »Man soll die Hoffnung nie aufgeben.« Er reichte ihm die Hand. »Wie geht es dir?«

Bernd starrte den Pfarrer an. Er war schmal geworden. Ein bißchen grau. Aber seine Stimme war dieselbe geblieben.

»Wie soll's schon gehen.« Bernd kratzte sich am Kopf. »Wie's eben so geht.«

Windgartner nickte. »Komm mit nach hinten.« Er schlug ihm auf die Schulter. »Laß uns 'n bißchen reden. Hab auch was Feines für dich.«

Bernd zögerte, als plötzlich ein vielstimmiger Ton von der mächtigen Orgel erklang, der ihm jäh ins Mark schlug. Windgartner und er drehten gleichzeitig die Köpfe. Sie sahen gerade noch, wie ein kleiner Mann mit braunem Gesicht kurz zu ihnen heruntergrinste und dann wie ein Eichhörnchen in der Finsternis verschwand.

»Was war das denn?« fragte Bernd.

»Jemand, der mit der Bibel ähnlich wenig am Hut hat wie du, fürchte ich.«

44. Märchen

Etwas Hartes hatte ihn am Kopf getroffen. Franz öffnete die Augen: Teppich.

Er wälzte sich auf den Rücken. Warum lag er am Boden? Das war sein Wohnzimmer. Aber er hatte keine Ahnung, wie er hierher gekommen war. Warum hatte er auf dem Sofa geschlafen? Und wo war seine Frau? Er sah auf die Uhr: halb elf. Er hatte verschlafen. Wie an dem Tag, als die Inder gekommen waren. Und plötzlich erinnerte er sich.

Franz sprang auf, lief in die Küche und sah nach draußen: Der Kastenwagen war noch da. Aber das mußte nichts heißen. Wenn Rahul in die Schweiz wollte, schaffte er das auch ohne ihn. Zur Not würde er eben ein Umzugsunternehmen beauftragen. Auf seine Kosten.

Franz stellte sich vor den Spiegel. Er fühlte sich nach einer Dusche. Nach frischen Klamotten, heißem Kaffee, Rührei mit Speck. Aber erst mußte er zum Set fahren. Er klimperte mit den Schlüsseln in der Hosentasche, strich sich die Haare zurecht. Er sah aus, als hätte er die Nacht unter einer Brücke verbracht. Unrasiert. Blaß. Der Anzug zerknittert, das Hemd steif von getrocknetem Schweiß.

Franz fand es schrecklich, nicht mit seiner Frau sprechen zu können. Er ging aus dem Haus, setzte sich in den Sprinter. Es roch nach abgestandenem Bier und kaltem Qualm: eine Mischung, die ihm fast den Rest gab. Er öffnete die Fenster und drückte aufs Gas. Es war immer noch mild, aber wenn ihn nicht alles täuschte, war es ein bißchen kälter geworden.

Noch bevor er den Drehort erreichte, sah er, daß sich die nächtliche Mühe gelohnt hatte: Das war eine hundertprozentige Traumkulisse, die sich da vor ihm auftat; ein Postkartenberg mit Postkartenschnee, so schön, daß er seine Kopfschmerzen beinahe vergaß. Auch das Team war noch da, die Dreharbeiten waren in vollem Gange, und ein freudestrahlender Lutz Haas lief ihm bereits entgegen, während er den Wagen parkte.

Was er denn mit Rahul angestellt hätte, wollte Lutz wissen. Der sei ja wie ausgewechselt! Franz lächelte und stieg aus. Er hatte es noch einmal geschafft, im letzten Moment das Ruder herumzureißen. Alles zum Guten zu wenden.

Mit weit ausgebreiteten Armen ging er auf Rahul zu, der den beiden Hauptdarstellern gerade zusammen mit dem Choreographen eine Bewegung erklärte. Yash sah etwas mitgenommen aus, er schien Probleme zu haben, das Gleichgewicht zu halten; vermutlich hatte das ganze Hin und Her um die Abreise seiner Konzentration geschadet. Schauspieler waren da bestimmt sehr sensibel.

»My friend!« Zum ersten Mal sagte Rahul es so, daß Franz ihm glaubte. »What have you done to the mountain?« Sein Goldzahn blitzte, Rahul neigte den Kopf zur Seite und sah ihn schräg von unten an.

»You did not believe I can change the weather.« Franz legte ihm eine Hand auf die Schulter. »But I can.« Er lächelte Lutz zu und gab ihm ein Zeichen, daß er ein Foto machen solle.

Lutz holte seine Kamera aus der Fototasche; Franz nahm Rahul in den Arm, drehte ihn zum Objektiv und klaute ihm eine neue Zigarre aus dem Hemd.

»I need the car«, sagte Franz, als die Aufnahme fertig war. »Only one more time. I have to visit somebody. No problem, my friend?«

45. Früchte des Zorns

Bernd bestellte einen Ramazotti. Nach dem dritten Marillenschnaps hatte Windgartners Flasche keinen Tropfen mehr hergegeben, und seitdem saßen sie hier, direkt am Marktplatz vor dem Eiscafé, und Bernd war überrascht, wie trinkfest Lukas Windgartner war. Er hatte ihn immer für ein Weichei gehalten, einen langweiligen Körnerfresser mit Jesusbart und Gesundheitslatschen, aber der Pfarrer schien noch immer klar im Kopf zu sein.

Gerade versuchte er ihm beizubringen, was die Verrückten da veranstalteten, den Tanz zu erklären, der dort auf dem Marktplatz einstudiert wurde; er faselte was von einem Gott mit blauer Haut, und Bernd mußte herzlich darüber lachen.

Allmählich gefiel ihm dieser Windgartner. Jedenfalls war er nicht halb so übel, wie er gedacht hatte. Schon beim zweiten Glas hatte er ihm das »Du« angeboten; er schien wirklich froh zu sein, jemanden zum Reden zu haben. Windgartner verstand gut, daß Bernd nicht mehr in die Kirche kam; er selbst sähe auch keinen Grund, ihn zu zwingen, sagte er, solange er glücklich sei mit dem Hund und den Kühen, er habe sich das auch alles anders vorgestellt in der Gemeinde.

Bernd genoß es, mit Lukas in der Sonne zu sitzen und zu trinken, besonders weil alle, die vorbeikamen, große Augen machten. Er bewunderte den Mut des Pfarrers, mitten am Tag auf dem Marktplatz zu sitzen und vor den Augen aller mit einem, der nicht mehr in die Kirche ging und jedem ein Dorn im Auge war, zu trinken. Selbst die Frau des Bürgermeisters schielte zwischen den Tanzeinlagen immer wieder rüber, und Vu, der Besitzer des kleinen Ladens, kniff ihnen von seinem Gemüsestand aus lachend ein Auge zu.

»Auf Vishnu«, sagte Windgartner und leerte seinen Ramazotti.

»Vishnu, Vishnu, Vishnu, tätärääää«, lachte Pollke laut. »Auf daß uns der Schwachsinn verschone!«

Sofort setzte es gepfefferte Blicke von den Hobbyindern; Bernd zog seinen Hut und prostete ihnen zu. Windgartner fragte gerade die Bedienung, wie noch mal dieser blaue Schnaps heiße, den die jungen Leute gern tränken – er wollte nicht weiter mit braunen Getränken auf blaue Götter anstoßen –, als Bernd etwas Rotes um die Ecke flitzen sah. Er konnte gar nicht so schnell gucken, wie es passierte, aber plötzlich prasselten Äpfel, Orangen und Zitronen auf den Boden, kullerten Kiwis und Tomaten durcheinander, und erst da erkannte Bernd den offenen Sportwagen.

Luckhalter und dieser Typ von der Zeitung trugen beide Sonnenbrillen, doch während der Zeitungsschreiber – Haas hieß er, wenn ihn nicht alles täuschte – wirklich erschrocken aussah, schob Luckhalter bloß seine Sonnenbrille ins Haar und zeigte ein breites Grinsen: »Ach Herrje.« Er schlug mit gespieltem Entsetzen die Hand vor den Mund. »War *ich* das etwa?«

Durch ein präzises Manöver hatte er dem Stand ein Bein weggefahren und den Wagen anschließend neben Vu abgebremst.

»Das tut mir leid, wirklich.«

Haas war sofort ausgestiegen, er stoppte mit den Schuhen ein paar Orangen und half, das Obst wieder einzusammeln.

Von überall her liefen jetzt Leute zusammen, um

verlorene Früchte, Salatköpfe und umherrollende Salbei- oder Basilikumtöpfe aufzuheben; selbst Luckhalter stemmte sich aus seinem Ledersitz, nahm eine Pampelmuse, ging auf den Gemüsestand zu und warf die Frucht dabei immer wieder in die Luft.

Erst jetzt bemerkte Bernd, wie fertig Franz aussah: unrasiert, bleich, ein Anzug wie von der Heilsarmee. Er näherte sich Vu und trat dabei auf eine Zitrone, die unter seiner Sohle zerquetscht wurde. »Ich hoffe doch sehr, daß ich keinen allzu großen Schaden angerichtet habe.« Franz fing an, die Schale abzupellen und sah Vu direkt in die Augen: »Wie fühlt sich das an, wenn plötzlich alles zusammenbricht?«

Der Ladenbesitzer starrte Luckhalter an. Dann wandte er sich ab und bückte sich, um einen Bund Radieschen aufzuheben. Die Pampelmuse, die Luckhalter eben noch in der Hand gehabt hatte, platzte direkt neben Vus Kopf.

Lukas sprang auf, Vu fuhr herum, und Bernd spürte, daß er kurz davor war, die Beherrschung zu verlieren. Er hätte diesem Luckhalter gern die Fresse poliert. Aber schließlich saß er neben einem Pfarrer.

»Was soll das?« Vus Stimme bebte. »Was willst du von mir?«

Franz Luckhalter setzte seine Sonnenbrille wieder auf. »Sag mir lieber, was du von meiner Frau willst.«

»Wie kommst du darauf, daß ich ...«

Luckhalter stürzte sich auf ihn. »Sag mir jetzt nicht, daß ich Gespenster sehe.« Er riß ihn an den Schultern hoch. »Du nicht!«

Luckhalter holte aus. Der Pfarrer trat vom Tisch

weg und machte mit dem rechten Arm eine Geste, die irgendwie päpstlich aussah. Der Zeitungsfritze umklammerte Luckhalters Rücken, war aber zu schmächtig, um ihn bremsen zu können; er wurde abgeschüttelt wie ein um die Schultern gelegter Pullover und knallte mit dem Kopf gegen eine Obstkiste.

Bernd stürmte los.

Der Reporter rappelte sich hoch, zückte eine Kamera und fischte seine Sonnenbrille vom Asphalt.

Bernd hoffte, daß Luckhalter im allgemeinen Gewühl nicht mitkriegte, wer ihm da eine verpaßte, aber allzu lang hielt er sich mit derlei Betrachtungen nicht auf: zu groß war die Lust, diesem Dreckskerl endlich eine Lektion zu erteilen. Ihm und dem Bürgermeister hatte er es schließlich zu verdanken, daß er sich in den letzten Tagen noch weniger als sonst aus dem Haus bewegt hatte. Im Grunde trug er sogar mit Schuld daran, daß er am hellichten Tag auf dem Marktplatz saß und sich vollaufen ließ, statt sich um seinen Hund und die Herde zu kümmern.

Luckhalter schrie Vu an, er solle sich unterstehen, noch einmal seine Frau anzufassen; er wollte seine Warnung wohl mit einer Ohrfeige bekräftigen, aber bevor er zuschlagen konnte, packte Bernd dessen Arm, riß ihn herum und schleuderte Luckhalter mit solcher Wucht in die halb abgerutschte Auslage, daß er die Tomaten matschen hörte.

Bevor Franz Luckhalter die Chance hatte, sich zu orientieren, hatte Bernd sich bereits wieder neben den Pfarrer gesetzt.

»Komm mir jetzt nicht mit Geboten.« Bernd schob das leere Glas von sich weg. »Mit Geboten kannste so einem nicht kommen.«

»Du hast ihn geschlagen.«

»Ich hab ihn geschubst«, sagte Bernd. »Er hatte es verdient. Und außerdem ...«

»Curaçao!« rief Lukas.

»Hä?«

»Das blaue Getränk! Es ist mir wieder eingefallen: Es heißt Blue Curaçao!«

Bernd warf vorsichtig einen Blick in das Getümmel. Luckhalter stand in der Menge und versuchte, den Schuldigen ausfindig zu machen. Haas fotografierte. Und Vu sah zu ihnen rüber; er wirkte ziemlich angeschlagen, aber er nickte Bernd dankend zu.

»Ihr werdet mich noch kennenlernen«, schrie Luckhalter, dann stieg er in sein Cabrio und fuhr davon.

»Seit wann hat der eigentlich so 'n Wagen?« fragte Bernd, obwohl der Pfarrer ihm diese Frage sicher am allerwenigsten beantworten konnte.

»Ist der doch vorgestern schon mit rumgefahren«, sagte die Bedienung. *Annabel* stand auf ihrem Namensschild. Das Gesicht kam Bernd irgendwie bekannt vor.

»Arbeiten Sie schon länger hier?«

»Dreizehn Jahre«, sagte sie. »Darf's noch was sein?«

»Ja.« Bernd kratzte sich am Kopf. »Zwei ... äh ...«

»Zwei Blue Curaçao«, übernahm Windgartner.

Annabel nickte und schrieb etwas auf einen Zettel. Als sie damit fertig war, hatten die Inder den Stand bereits wieder aufgebaut.

46. Karma

Yash war froh, daß Rahul ein Einsehen gehabt und ihn heute frühzeitig vom Set beurlaubt hatte; das selbstgebrannte Zeug des Wirts hatte ihm den ganzen Tag über zugesetzt, und dummerweise war das auch dem Choreographen nicht entgangen: Die schwierigsten Passagen der Tanznummer hatten auffallend oft wiederholt werden müssen, was nicht nur mit dem Restalkohol, sondern vor allem mit Charlie zu tun gehabt hatte, die nachmittags am Set aufgetaucht war und ihn ziemlich nervös gemacht hatte mit ihren Blicken, ihrem Lächeln und dem Geklatsche, von dem er nie gewußt hatte, ob sie es ernst meinte: Er jedenfalls hatte den Eindruck gehabt, seine Tanzkünste im *Dorfkrug* weitaus eindrucksvoller unter Beweis gestellt zu haben als heute vor laufender Kamera.

Auf dem Rückweg hatte er sich schnell noch die Kirche angesehen, war dann aber sofort weiter in Richtung Hotel gezogen, als ihn dieser Kerl, der mit seinen Kühen bereits am ersten Tag den Unfall mit den Limousinen verursacht hatte, vom Altar aus angesehen hatte, als wäre er der Leibhaftige persönlich – und das nur, weil Yash seinen Gefühlen und dem Klang der Orgel freien Lauf lassen wollte.

Yash war im Begriff, die letzte Straße vor dem Hotel

zu überqueren, als die rote Corvette um die Ecke gebrettert kam und ihn fast überfuhr. Am Steuer saß Charlies Vater, und neben ihm lagen Äpfel, Bananen und Pampelmusen.

Soll er doch ein bißchen Spaß haben, dachte Yash und mußte lächeln: Namita war sofort aufgefallen, daß da irgendwas im Gang war mit ihm und Charlie, aber als sie ihn direkt darauf angesprochen hatte, hatte er nur gelacht und ihr zu verstehen gegeben, wie absurd allein der Gedanke sei: Sie wisse doch selbst, daß Charlie für ihn gewissermaßen eine Unberührbare sei, und die Liebe, die alle Grenzen überwinde, fände, wie sie selbst gerade eindrucksvoll unter Beweis stellten, ausschließlich auf der Leinwand statt.

Natürlich war ihm bewußt, daß er mit dem Feuer spielte. Daß er unglaubliches Glück gehabt hatte, bisher noch nicht erwischt worden zu sein: weder von seinen Bodyguards noch von Rahul oder diesem penetranten Reporter. Aber er fühlte sich so gut wie schon lange nicht mehr. Er hatte wieder ein Gefühl für den Menschen, der er damals gewesen war; es war, als sagte, sähe, erlebte er vieles zum ersten Mal, und der Grund dafür war ausgerechnet ein Mädchen, von dem er nicht mal wußte, ob sie überhaupt *fähig* war zu tiefen Gefühlen: Doch wenn er hinter Charlies Fassade nicht etwas spüren würde, das ihm jedesmal das Herz brach, hätte er seine Karriere nicht aufs Spiel gesetzt.

Er würde sich vor dem Abendessen noch eine halbe Stunde hinlegen und dann duschen und zwei Kopfschmerztabletten nehmen. Karma, dachte er lächelnd.

Das Gesetz von Ursache und Wirkung: Alles, was du tust oder denkst, führt zu der jeweiligen Konsequenz; ganz zu schweigen von dem, was du trinkst.

47. Samba

Es ist kühl. Zumindest ist es nicht mehr so mild wie in der letzten Nacht, was der geplanten Hochzeitsszene morgen und vor allem dem Kunstschnee im Hintergrund sicher zugute kommt. Aber ich trage nur ein dünnes Etwas am Leibe, um meine Reize gegenüber dem für westliche Reize durchaus empfänglichen indischen Helden noch einmal gezielt einzusetzen. Das ist schäbig, ich weiß. Aber ich habe nie behauptet, daß ich frei von Berechnung bin.

Strenggenommen sind wir nämlich gar nicht verabredet: Tagsüber mußte sich Yash auf dem Berg die Seele aus dem Leib tanzen – zumindest hat er das *versucht*, aber der Schnaps hat ihm über Nacht wohl so zugesetzt, daß er immer wieder das Gleichgewicht verloren und Rahul damit an den Rand der Verzweiflung getrieben hat –, und beim Abendessen war er durch das ständige Zugezwinkere von Joschi so abgelenkt, daß er es schlicht versäumt hat, Ort und Zeit zu benennen. Um ihn noch mal die Tannen runterrutschen zu lassen, muß unten also eine echte Versuchung warten.

Der Filmvorführer in meinem Kopf projiziert den Gang der Ereignisse etwa wie folgt: Über den Rücken der geheimnisvollen Dorfschönheit hinweg, durch deren Haar ein leichter Wind weht, erhebt sich die Kamera bis knapp oberhalb der Schornsteingrenze, so daß der Zuschauer eine Übersicht bis zum verschneiten Hotel Bergblick gewinnt. Dazu unaufdringlicher Einsatz von Streichern, von denen man im nachhinein gar nicht mehr wissen wird, daß man sie überhaupt gehört hat.

Zur selben Zeit löst sich aus dem Schatten mächtiger Tannen, die das idyllisch gelegene Hotel umfassen, eine Gestalt, die von der groben Himmelsrichtung her auf die bezaubernde Hauptdarstellerin zusteuert. Nur noch wenige Häuserecken trennen die beiden.

Im Licht einer Straßenlaterne erkennen wir: Bei der Gestalt handelt es sich um Yash Dhawan, den in Liebe zur Dorfschönheit entbrannten Vertreter einer fremden Kultur.

Die Kamera verläßt die subjektive Position der Heldin – die Identifikationsebene – und nimmt sozusagen die Perspektive des allwissenden Erzählers ein: ein Glaubensbekenntnis zur Macht des Schicksals, zur Magie der Liebe, die zwei Menschen wie an unsichtbaren Schnüren gezogen einander finden läßt.

Held und Heldin biegen jetzt um die letzte Ecke. Außer ihnen ist niemand mehr auf der Straße. Sie erkennen sich, bevor sie ihre Erkenntnis begreifen. Das kann nicht sein, denken sie und senken den Kopf, wie um noch mal nachzudenken und dann abermals in die Richtung des anderen zu sehen. Das wäre ja wie im Film. Dann sehen sie: Es ist wie im Film.

Die letzten Meter laufen sie aufeinander zu, Zeitlupe, Großaufnahme, dazu ein trockener Dialog, der den optischen und dramaturgischen Schwulst der Szene erdet, zum Beispiel:

Charlie
Na, schon Feierabend?

oder

Yash
Findest du nicht, du bist ein bißchen... zu kalt angezogen, Frollein?

In Wahrheit aber frag ich ihn nur, ob er im Besitz eines Führerscheins ist:

Charlie
Sag mal, hast du eigentlich einen Führerschein?

»Führerschein?« fragt er, und ich ärgere mich, daß es für die Wirklichkeit keine Post-Production gibt, die einzelne Sätze im nachhinein rausschneiden kann, als wären sie nie gesagt worden. »Warum denn?«

Ich ziehe die Autoschlüssel aus der Tasche und bimmele damit vor seiner Nase herum wie der verdammte Weihnachtsmann: »Weil ich keine Lust habe, in unserer letzten Nacht noch mal mit Joschi und Heiko Hagemeister Samba auf dem Tresen zu tanzen«, sage ich.

»Samba?« Yash guckt irritiert, und ich überlege ernsthaft, es ihm zu erklären, aber ich habe Angst, daß das wieder so ein *Frollein*-Wort wird, also hake ich mich nur bei ihm unter und führe ihn zurück in die Richtung, aus der ich gekommen bin.

Die Turmuhr schlägt neun, falls das jemanden interessiert.

48. Auf Skiern durch die Finsternis

Marlen duckte sich in einen Hauseingang und zückte ihr Handy. Glücklicherweise ging Lutz sofort dran.

»Setz dich ins Auto«, sagte sie. »Ich warte vor Charlies Haus. Und vergiß die Kamera nicht. Am besten eine Unauffällige.«

Lutz war etwas überrascht, versprach aber, sich zu beeilen.

Marlen sah um die Ecke: Die beiden gingen nicht ins Haus, sondern stiegen sofort in den Wagen, obwohl Charlie nicht mal einen Führerschein besaß. Wahrscheinlich hatte sie den Schlüssel aus der Jacke ihres Vaters geklaut. Marlen wunderte sich, daß sie ausgerechnet den roten Sportwagen nahmen, der trotz der

Dunkelheit immer noch auffälliger war als der Opel von Franz Luckhalter – doch den konnte sie nirgendwo am Haus entdecken.

Ohne Licht fuhren sie los, und kurz bevor sie an ihr vorbeifuhren, duckte sich Marlen wieder. Sie hörte Bremsen quietschen, und als sie das nächste Mal um die Ecke sah, war der Wagen weg. Statt dessen hielt ein alter Wartburg neben ihr. Lutz stieß die Beifahrertür auf.

»Was war das denn eben?« fragte sie.

»Bestimmt Luckhalter.« Er wartete, bis sie sich angeschnallt hatte. »Brettert mir wie ein Irrer entgegen – auf der linken Spur, und ohne Licht.«

»Das war nicht Luckhalter.« Marlen schlug die Tür zu. »Das war Yash. Und neben ihm saß Charlie, die es wohl versäumt hat, unserem indischen Freund beizubringen, daß hier Rechtsverkehr herrscht.«

Lutz gab ihr einen Kuß auf die Wange.

»Gib Gas«, drängte sie. »Sonst verlieren wir sie noch.«

Mit allem, was der Wagen hergab, ließen sie das Ortsausgangsschild hinter sich, und kurz vor der ersten Gabelung sah Marlen die Bremsleuchten der Corvette aufleuchten. Der Blinker ging links, und auch die Scheinwerfer hatten sie jetzt endlich angestellt.

»Was haben die vor?«

»Feiern.« Marlen kurbelte das Fenster runter. Der Wagen vor ihnen schlingerte bedrohlich von einer Straßenseite auf die andere, und Lutz heftete sich an die roten Lichter, die sie durch die Dunkelheit zogen wie Wasserskifahrer am Schleppseil einer Romanze, die nicht ihnen gehörte.

49. Monster

»Das hast du nicht wirklich getan, oder?«

»Frag ihn doch!« Franz öffnete die Schachtel und zog eine Zigarette heraus. »Wenn ihr jetzt schon Kindergeburtstag spielt, wird er wohl keine Geheimnisse mehr vor dir haben, oder?«

Margit starrte auf seine Hände. »Was hast du vor?«

»Wonach sieht das denn aus?« Er nahm das Feuerzeug vom Tisch und ließ es aufspringen.

»Da war nichts«, sagte sie. »Das Essen war für uns. Aber als du so komisch warst…«

Franz nickte. Die Flamme fraß sich knisternd in den Tabak. »… da hattest du nichts Besseres zu tun, als diesen vietnamesischen Gemüsezwerg anzurufen und ihn zum Essen in mein Haus zu bitten. Verstehe.«

Margit ließ die Arme sinken. »Vu ist zufällig vorbeigekommen«, sagte sie. »Er wollte mir nur helfen.«

Franz stieß Rauch durch seine Nasenlöcher. »Genau deswegen bin ich auch zu ihm gefahren«, sagte er. »Um mich bei ihm zu bedanken. Für seine Hilfe.«

Margit wußte nicht, was sie noch tun sollte, damit er ihr glaubte. Der Qualm biß ihr in die Augen.

»Und warum heulst du jetzt?«

»Ich heul gar nicht.«

Franz war ganz in Rauch gehüllt.

»Ich habe das alles nur für dich gemacht«, sagte sie. »Für uns. Und du machst alles kaputt.«

Franz drückte die Zigarette aus. »Irrtum«, sagte er. »Ich baue etwas auf. *Du* bist diejenige, die mir pausenlos Steine in den Weg legt. Du bist diejenige, die alles kaputtmacht.« Er zog eine weitere Zigarette aus der Schachtel und zündete sie an.

Margit sank kraftlos vor den Fernseher, tastete nach der Fernbedienung und drückte auf *Play*. Im Rücken von zwei Verliebten näherte sich ein Monster.

50. Im Westen

Ich versuche mich zu erinnern, wann ich mit John-Boy das letzte Mal aus dem *Metropol* geflogen bin. Eigentlich ist es eine ziemliche Schnapsidee, Yash da mit reinzunehmen. Aber noch weiterzufahren halte ich nicht aus: Meine Haut fühlt sich von den flatternden Haarspitzen an, als wäre ich mit dem Gesicht über ein Nagelbrett gelaufen, während Yashs Frisur – vermutlich dank eines Produktes, das bei uns sofort auf den Index käme – weiterhin wie geschnitzt aussieht.

»Und jetzt?« fragt er.

»Jetzt biete ich dir die Verlockungen der westlichen Welt«, sage ich, obwohl ihm die Fahrt hierher schon genug geboten hat, zumindest, wenn ich seinen Gesichtsausdruck richtig gedeutet habe. Bei den Filmaufnahmen muß er nämlich immer nur so tun, als würde er fahren. Da wird der Wagen komplett mit ihm und seiner Partnerin auf einen Anhänger gesetzt, mit Kamera und allem drum und dran, und der fährt dann mit dem geparkten Auto durch die Gegend, was von weitem ziemlich beknackt aussieht.

Yash macht dabei auch immer den klassischen Dean-Martin-Fehler, der mich in alten Schwarzweißfilmen bei John-Boy regelmäßig zum Lachen bringt: Der Held fährt mit seiner Angebeteten eine schnurgerade Landstraße entlang, aber während er ihr am Steuer herzzerreißende Lieder singt, dreht er das Lenkrad ständig nach rechts und nach links, vermutlich weil er nicht weiß, was er sonst mit seinen Händen machen soll, oder weil er die Melodie so schmissig findet. Ohne Bluescreen oder Leinwand hätte sich der Wagen am Ende des Liedes um etwa sieben Bäume gewickelt, wäre dreimal im Graben gelandet und zweimal frontal in den Gegenverkehr geknallt. Aber Dean Martin und Yash Dhawan scheinen mit hundert Leben ausgestattet zu sein.

Um ein einigermaßen realistisches Bild allein vom Eingangsbereich des *Metropol* zu erhalten, ist es hilfreich, sich etwa Disneyland für Arme vorzustellen: Kaskaden bunter Glühbirnen betteln offensiv um Beachtung, und wem das zu subtil ist, der orientiert sich am Gequieke, Gekichere und Gegröle der Dorfjugend, die auf der kleinen Kirmes direkt vor dem Eingang ihre Grundbedürfnisse (Jagen, Fressen und Raufen) befriedigen, noch bevor sich der Mann ins Gewühl stürzt, ein Weibchen sucht, mit Genußmitteln betäubt, in seine Höhle schleppt und dem eingeschriebenen Programm der Evolution gehorcht.

Yash scheint glücklicherweise keine Grundbedürfnisse zu haben, jedenfalls will er mir keine Rose schießen; er hat bereits gegessen, und selbst Autoscooter (mit ein paar Beinahe-Zusammenstößen) ist er auf dem Weg hierher schon gefahren. Wir bezahlen also die immens hohe Eintrittsgebühr und winden uns am Kuscheltiergreifautomaten vorbei in den Schlund der Hölle. Sofort durchwummern Bässe alle meine Organe. »Willkommen in der westlichen Welt!« brülle ich meinem Begleiter ins Ohr, aber ich glaube, er hört mich gar nicht.

51. Die Rückkehr der lebenden Toten

John-Boy hatte heute bereits fünf Briefe an Charlie angefangen und schließlich doch wieder abgebrochen. Er hatte keine Ahnung, warum es ihm so schwerfiel, ihr zu schreiben. Wenn sie sich trafen, hatten sie keine Worte nötig. Und falls doch einer etwas Wichtiges sagen wollte, wußte der andere sofort, wie der Satz zu Ende ging.

Nur wenn Charlie nicht da war, war alles anders. Was immer er dann sah, hörte, roch, was er erlebte oder sich erträumte: es fühlte sich hohl an ohne sie, und er hatte das Bedürfnis, ihr das zu sagen. Daß sie ihm fehlte. Und all die anderen Sachen, über die sie nie gesprochen hatten, weil alles perfekt war, wenn sie da war. Mittlerweile war er wenigstens soweit, daß er die Briefe nicht mehr wegwarf, sondern abheftete, als Dokumentation einer selbstauferlegten Therapie für mehr Wahrhaftigkeit.

Vielleicht, dachte er, werde ich irgendwann einen dieser Briefe fertig schreiben. Dann könnte er ihr endlich sagen, daß er in dieser Bettwäsche schlief, weil es ihm Spaß machte, und nicht, weil er »diesen ganzen 80er-West-Mist irgendwie *weird*« fand. Dann könnte er Charlie sagen, daß er nur die Hälfte der Zeit mit ihr wirklich genoß, weil er die restliche Zeit Angst davor hatte, sie könnte bald wieder gehen.

John-Boy hatte an diesem Abend bereits die größten Abenteuer der Fünf Freunde gehört. Er hatte ein bißchen Nietzsche gelesen und seinen persönlichen Tetris-Rekord gebrochen. Aber einschlafen hatte er nicht mal bei der Best-of-Kassette der peinlichsten Stellen aus Patrick-Swayze-Filmen gekonnt, eine persönliche Zusammenstellung, die er nur in Notfällen einlegte.

Eine knappe Viertelstunde später stand John-Boy unter Charlies Fenster und spielte nun seinerseits Huckleberry Finn. Doch auch nach dem dritten Steinchen blieb ihr Zimmer dunkel. John-Boy sah auf die Uhr: halb zwölf. Vielleicht war sie ausgegangen. Aber das war nicht ihre Art. Freitag abend gingen alle aus, nur nicht John-Boy und Charlie.

Er ging um das Haus herum, sah ins Wohnzimmer. Im Fernseher lief der Horrorfilm, den sie angefangen hatten zu sehen, bevor die Inder gekommen waren. Aber davor saß nicht Charlie, sondern ihre Eltern. Wortlos.

Franz Luckhalter, der vor wenigen Wochen feierlich gelobt hatte, keine Zigarette mehr anzufassen, hatte den Raum in eine Räucherstube verwandelt, und seine Frau machte ein Gesicht, als lehnte sie es aus purem Trotz ab, das zu tun, wonach ihr der Sinn stand: nämlich einfach aufzustehen und allein ins Bett zu gehen.

Anhand der Füllhöhe des Aschenbechers und der Zahl der Flaschen tippte John-Boy auf einen Streit der Stärke fünf bis sechs auf der nach oben offenen Richterskala. Wenn das der Grund dafür gewesen war, daß Charlie mit alten Traditionen gebrochen hatte, war er sofort bereit, ihr zu vergeben: Szenen wie diese kannte er zur Genüge – nur, daß der Horrorfilm bei ihm zu Hause *vor* dem Fernseher mittlerweile als Serienformat stattfand.

John-Boy machte, daß er wegkam. Kurz überlegte er, an ihrem Treffpunkt nachzusehen, aber er glaubte nicht, daß sie ohne ihn dorthin ging. Vielleicht war sie noch im *Dorfkrug*. Mußte die Küche aufräumen, Joschi beim Zapfen helfen oder dem Regisseur noch einen Schnaps servieren. Möglich, daß sie sich freute, wenn er sie abholte. Ein Bier konnte er allemal vertragen.

52. Schießerei im Weltall

Yash konnte sich nicht daran erinnern, wann er das letzte Mal in einer Diskothek gewesen war. Vielleicht sogar damals in Deutschland, dachte er, denn daß er jetzt in eine indische Disko gehen könnte, war selbst mit Leibwächtern undenkbar. Außerdem wäre es ziemlich absurd, zu Liedern zu tanzen, von denen alle glaubten, er selbst hätte sie gesungen, denn die Hälfte der Songs, die dort gespielt wurde, stammte aus seinen Filmen.

Einmal hatte er bei einer der vielen Premierenfeiern ausgiebig getanzt, war dann aber sofort vom Produzenten abgemahnt worden: Als Superstar müsse er eine gewisse Haltung bewahren, hatte er gesagt, dürfe sich nicht derart... volksnah geben; er arbeite gerade fleißig an seiner eigenen Demontage.

Zwar tanzte man auch in seiner Heimat eher für sich, aber die Jugendlichen in Indien sahen dabei wenigstens nicht so... *allein* aus, dachte er: als wollten sie mit ihrem Tanz eine Mauer um sich herum errichten, statt eine niederzureißen.

Verwirrt sah er sich um. Die Leute schienen sich überwiegend für das Fleckchen Boden vor sich zu interessieren, kaum jemand sah dem anderen in die Augen; die Musik klang ein bißchen wie Schießerei im Weltall, und Charlie schien sich für das alles hier auch noch zu schämen! Er fragte sich, warum sie ihn dann überhaupt hierher gebracht hatte. Aber solange er bei ihr war, sollte ihm alles recht sein.

Zögernd fing er an, sich zu bewegen, versuchte sich auf die Musik einzulassen, was ihm nicht wirklich gelang. Aber er war entschlossen, sich hier, wo ihn niemand kannte, noch mal richtig gehen zu lassen. Schließlich wußte er nicht, wann er das nächste Mal Gelegenheit dazu bekäme.

Charlie beobachtete ihn amüsiert: »Was soll das denn werden?« fragte sie.

»Spaß«, sagte er. »Ich hab Spaß.« Yash schenkte ihr sein schönstes Lächeln. »Und du?«

53. Rosen

Lutz ließ sich von der Menge umschließen und von Marlen durch die Räume ziehen, bis an den Rand einer Tanzfläche, auf der die Leute sich zu einer Musik ohne Struktur bewegten. Das einzig verbindende Element schien ein stumpfer Beat zu sein, der ihm bis in die Eingeweide schlug. Lutz glaubte sogar, daß er seinen Herzschlag durcheinanderbrachte, er spürte plötzlich so ein Ziehen in der Brust.

Marlen fixierte einen Punkt innerhalb der Menge, und als er ihrem Blick folgte, entdeckte er Yash und Charlotte. Sie tanzten eng beieinander und schienen sich zu amüsieren.

Marlen rief ihm direkt ins Ohr, aber Lutz mußte trotzdem mehrmals nachfragen. Nicht nur, weil die Musik so laut war, sondern auch, weil er nicht wirklich glauben konnte, daß Marlen ernst meinte, was sie ihm gerade vorschlug. Natürlich hatte er mitgekriegt, daß ihr Interview mit Yash nicht gerade optimal gelaufen war. Aber daß ihr die Sache zwischen Yash und Charlotte so naheging, hätte er nicht geglaubt. Es kränkte ihn etwas. Genau so, wie es ihn vorher gefreut hatte, daß ihre Schwärmerei für Yash einen Dämpfer bekommen hatte.

Lutz sah Marlen einen Moment lang an. Ob sie das wirklich wolle, fragte er. Ob ihr klar sei, was das bedeute.

Marlen nickte. Was für ihn hieß, daß er alles tun würde, um ihren Wunsch zu erfüllen. Es war vielleicht auch gar keine so schlechte Idee. Auch er könnte seinen Nutzen daraus ziehen.

Lutz wimmelte einen besonders hartnäckigen Rosenverkäufer ab, ging zur Theke und bestellte ein Glas Sekt für Marlen und Gin Tonic für sich. Er mußte nicht lange über die Konsequenzen nachdenken, um die reizvolle Perspektive zu erkennen, die sich auch für ihn daraus ergeben würde. Lutz trank seinen Gin zur Hälfte aus, um sich Mut zu machen. Dann drückte er Marlen beide Gläser in die Hand und faßte sich ein Herz.

Daß Lutz das letzte Mal getanzt hatte, war ganz schön lange her. Er hatte sich auf der Tanzfläche nie wohl gefühlt, hatte immer lieber am Rand gestanden, wo er den anderen zusehen konnte, statt selbst beobachtet zu werden, doch jetzt führte kein Weg daran vorbei: Aus dieser Entfernung ein brauchbares Bild von den beiden zu machen, war mit der kleinen (und gestern reparierten) Digitalkamera unmöglich. Er mußte näher an sie ran, ohne entdeckt zu werden; ein heikles Unterfangen, doch wenn er sich dem Rhythmus der Menge anpaßte, konnte er es schaffen.

Lutz biß die Zähne zusammen. Nicht denken, dachte er. Niemand sieht dir zu, keiner beobachtet dich; er warf sich auf die Tanzfläche und orientierte sich immer wieder an Yash, der beim Tanzen hochsprang wie ein sich krümmender Wurm.

Lutz tastete nach seiner Kamera, dem Portemonnaie, seinen Schlüsseln. Er hatte Angst, im Gewühl etwas verlieren zu können; geschickt wich er Ellenbogen und herumwirbelnden Beinen aus. Er schaffte es sogar, anhand des jeweiligen Tanzstils Bewegungen vorauszuahnen, seine Route in jeder Sekunde völlig neu zu berechnen.

Bald stand er ganz in ihrer Nähe; er duckte sich hinter einen massigen Kerl, der nach einer Mischung aus Haargel und Schweiß roch, und hob die Kamera vors Gesicht. Doch ehe er dazu kam, Yash und Charlotte ins Visier zu nehmen, knallte ihm mit voller Wucht ein Ellenbogen gegen die Schläfe. Lutz taumelte. Er ging in die Knie. Er hatte seine Brille verloren, sah nur noch Schemen; Farbflecken in Grün, Blau, Gelb und Rot, durchsetzt von Stroboskopblitzen und dieser alles durchwummernden Musik.

Er mußte die Brille finden, bevor jemand auf das Gestell treten würde. Oder auf seine Hand: Neben ihm tanzte ein Mädchen mit Stöckelschuhen, deren Absätze aussahen, als könnten sie mühelos Knochen durchtrennen.

Endlich stießen seine Fingerspitzen gegen die Brille. Er kniff die Augen zusammen, setzte sie auf. Es war immer noch alles unscharf. Lutz nahm das Gestell wieder ab und prüfte die Gläser. Es war nur noch eins drin. Einen schlechteren Zeitpunkt für so etwas hätte er sich gar nicht ausdenken können: Er brauchte dieses Foto, und er brauchte es jetzt.

Kurz glaubte er, daß das ein Zeichen war. Daß er die beiden einfach in Ruhe lassen und sich um Marlen kümmern sollte. Lutz spürte, wie ihm die Panik den Rücken hoch kroch. Er mußte dieses zweite Glas finden, bevor Yash und Charlotte ihn entdeckten.

Noch einmal tastete er den Boden ab: Sand, Dreck, Zigarettenkippen, verschüttetes Bier. Dazwischen knirschende Absätze, hackende Stöckel. Dann Scherben. Zwei Teile, die vorher das rechte Brillenglas ergeben haben mußten. Lutz steckte sie ein und richtete sich auf.

Ohne Rücksicht auf die Tanzenden wühlte er sich durch die Menge, rempelte Körper beiseite, und als seine Arme endlich an eine Wand stießen, lehnte er sich erschöpft dagegen und schloß die Augen.

Als er sie wieder öffnete, sah er etwas Rotes vor sich. Jemand sprach mit ihm. Lutz brauchte eine Weile, bis er begriff, daß das schon wieder der Rosenverkäufer von eben war.

Und plötzlich hatte er eine Idee. Vielleicht eine Schnapsidee, aber es war zumindest eine Chance. Er griff nach seinem Portemonnaie und zog einen Schein heraus. Das Wichtigste war, sich nichts anmerken zu lassen. Er mußte die Sache als Scherz verkaufen, als Überraschung unter Freunden. Er drückte dem Rosenverkäufer den Schein in die Hand und schrie ihm seinen Plan ins Ohr. Lutz zeigte in die Menge, lieferte eine punktgenaue Personenbeschreibung (hüpfender Inder mit größerer Freundin) und erklärte dem Rosenverkäufer die Kamera.

Als der große rote Fleck in der formlosen Masse verschwunden war, fummelte Lutz die Brille aus seiner Tasche, setzte sie auf und kniff das rechte Auge zu. Er mußte sich ein bißchen daran gewöhnen, aber es ging. An der Wand entlang schob er sich zum Tresen, bestellte noch einen Gin Tonic und hielt Ausschau nach dem Blumenstrauß.

Über den Rand seines Drinks hinweg beobachtete er, wie der Rosenverkäufer auf Yash und Charlotte zuging und beiden eine Rose schenkte. Lutz tastete nach den Scherben in seiner Jacke, nahm die Brille ab und paßte die Glasteile aneinander in das Gestell. Zwar lief jetzt ein unscharfer Riß durch sein Gesichtsfeld, doch sah er deutlich besser als mit nur einem Auge.

Der Mann machte seine Sache wirklich gut: Er bequatschte die beiden nach Strich und Faden und gab dem verdutzten Yash auf einmal den ganzen Strauß in die Hand. Charlotte schien das zu amüsieren, also lachte auch Yash, während der Junge eindrucksvoll unter Beweis stellte, daß er jeden Cent wert war, den Lutz ihm für den Fall versprochen hatte, daß die beiden sich vor der Kamera küßten.

Gern hätte er gehört, was für eine Geschichte er ihnen jetzt auftischte, denn sie lauschten wirklich andächtig, während der Rosenverkäufer ein verschwörerisches Gesicht aufsetzte – und schließlich taten sie es.

Lutz ballte die Faust und leerte sein Glas in einem Zug. Dieser Gin war sein Siegestrunk; er lutschte die Eiswürfel flach, die noch immer leicht bitter schmeckten, und als der Rosenmann wieder bei ihm stand, drückte Lutz ihm nicht nur das Bonushonorar in die Hand, sondern kaufte ihm auch noch den Rest seiner Rosen ab. Er ließ sie an der Bar in einen Sektkühler stellen.

Zwei Minuten später waren Yash und Charlotte verschwunden. Er wartete zwei weitere Minuten, um ihnen einen Vorsprung zu geben, dann suchte er Marlen, gab ihr den Schlüssel und sagte, sie solle schon mal zum Auto gehen, er käme gleich nach. Lutz lief in eine geschützte Ecke und rief bei der Zeitung an. Diesmal nicht bei der Lokalredaktion, sondern direkt bei der Nachtschicht des Mantelteils. Er hätte da etwas, das vielleicht von Interesse sein könne, sagte er, während er die erbeuteten Fotos auf dem Rückseitendisplay durchklickte.

Marlen stand an seinen Wartburg gelehnt, den Blick nach oben gerichtet. Lutz tat es ihr gleich, während er langsam auf sie zuging. Sterne. Milchige Flecken. Er kniff erst das rechte Auge zu, dann das linke: Flecken, Punkte, Flecken, Punkte.

»Für dich«, sagte er, als er bei ihr angekommen war und streckte ihr die Rosen entgegen.

Marlen kam mit ihrem Gesicht ganz nah an seins. Im Hintergrund heulten Sirenen. Lichter blinkten, Leute lachten, und wie von ganz weit her hörte er das Wummern der Autoscooter-Musik.

Marlen küßte ihn. Lutz schloß die Augen, befühlte das kaputte Glas in seiner Tasche, und als sich ihr Gesicht wieder entfernte, nahm er die Brille ab und versuchte noch einmal die Scherben in das Gestell zu passen.

»Danke«, sagte Marlen und legte die Rosen auf die Rückbank. »Danke für alles.«

Die Hälften knirschten gegeneinander, rasteten mit einem leisen Knacken in das Gestell. Lutz setzte seine Brille wieder auf. Durch die Sterne verlief ein unscharfer Riß.

54. Die Reiter der Apokalypse

Im Laufe der Nacht waren immer mehr kostümierte Leute gekommen, die noch Tips brauchten oder sich

Anregungen holen wollten. Der *Dorfkrug* schien plötzlich so etwas wie eine Außenstelle der Bollywood-Industrie geworden zu sein, und Joschi handhabte die Sperrstunde entgegen seiner Gewohnheiten scheinbar sehr nachlässig.

Charlie war natürlich nicht dagewesen, Marlen auch nicht, und niemand hatte eine Ahnung, wo die beiden sich aufhielten. Doch spätestens in ein paar Stunden, kurz vor Sonnenaufgang, würden sowieso alle am Hang zusammenkommen: um gemeinsam den großen Moment zu feiern. Selbst Heiko Hagemeister und seine Jungs schienen neugierig darauf zu sein, sie hatten sogar Tänze einstudiert, und John-Boys einzige Chance, der schleichenden Vereinnahmung seiner Person durch eine Welle bierseliger Gemeinschaftsfreude zu entgehen, war der Genuß größerer Mengen Alkohol seinerseits gewesen.

In der Hoffnung, er könne vielleicht doch noch einer von ihnen werden, hatte Joschi ihm ein Bier nach dem anderen ausgegeben, aber John-Boy gehörte zu den Leuten, die immer ungeselliger wurden, je mehr sie tranken, und schließlich hatte er beschlossen, sich mit ein paar Flaschen sowie einer gepflegten Depression die Zeit bis zum Sonnenaufgang an Charlies und seinem Platz zu vertreiben. Wenn ihn das nicht bei Laune hielt, würde er eben noch Frau Weltschmerz und Herrn Selbstmitleid dazubitten; ein Pärchen, das bisher noch jede Party für ihn gerettet hatte.

55. Die Schemen mächtiger Gestalten ziehen an uns vorbei

»Was?!« Ich verstehe ihn noch immer nicht.

»Was *Eintracht Sillberg* ist!!« brüllt Yash, und endlich begreife ich: Der Schal ist uns wie ein Geschenk des Schicksals aus dem Autoscooter direkt vor die Füße geweht, und wir haben die Belohnung für unsere Tapferkeit, fast zwei Stunden in den Klauen der westlichen Welt ausgehalten zu haben, dankbar angenommen. Dafür sehen wir jetzt aus wie zwei Mumien. Wollfransen flattern mir ins Gesicht, und wenn dieser hartnäckige Rosenverkäufer noch mal auftauchen würde, sollte er flugs seine Kamera zücken: *Das* Bild hätte ich gern.

»Ein Fußballverein!« schreie ich.

»Was?!«

»Ein Fußballverein!!«

Es bringe Glück, wenn sich ein frisch verliebtes Paar vor so vielen Rosen küsse, hatte er gesagt. Jede Rose ein glückliches Jahr, alte arabische Sage.

»Mach besser das Licht aus!« rufe ich gegen den Fahrtwind, weil ich weiß, daß wir gleich unser Ortseingangsschild passieren werden.

»Was?!«

»Das Licht!! Vielleicht sucht man dich – und das ist unauffälliger!«

Er gehorcht noch immer nicht, also beuge ich mich über ihn und drehe die Scheinwerfer aus. Yash scheint das zu irritieren, er zuckt zusammen und reißt das Lenkrad herum; ein folgenschwerer Fehler, wie sich herausstellt, denn der Dean-Martin-Effekt (das Auto fährt einfach weiter geradeaus) will sich nicht einstellen: Wir kommen vielmehr von der Straße ab, holpern über Sand und Schotter und knallen einigermaßen heftig gegen etwas, das zwar wie Holz klingt, glücklicherweise aber kein Baum zu sein scheint.

Da ich offenbar noch lebe, schaue ich nach links, um festzustellen, daß mein Genick nicht gebrochen ist, und um sicherzugehen, daß Yash genauso glimpflich davongekommen ist wie ich – eine Tatsache, die bei unserer sonderbaren Bandagierung keineswegs selbstverständlich ist.

Wir wickeln uns aus dem Schal. Ich höre es ticken, unter der Motorhaube. Das feine Rieseln von Sand auf Blech. Dazu knackt es besorgniserregend, und langsam wird mir klar, gegen was wir da gebrettert sind.

»Scheiße«, sage ich.

»Nette Begrüßung«, entgegnet Yash.

Wenigstens hat er seinen Humor nicht verloren.

»Sehr witzig. Der gehört Pollke.«

»Wer?«

»Der Kuhstall.«

Yash läßt sich in seinen Sitz zurückfallen, während ich aussteige, um einen Eindruck vom Ausmaß des Schadens zu gewinnen. Das Ausmaß ist einerseits gering (am Wagen ertaste ich nur leichte Kratzer und eine kleine Beule) und andererseits beträchtlich: Die linke Stalltür ist zersplittert, von der rechten sehe ich gar nichts mehr. Da, wo sonst die rechte Stalltür war, ist jetzt etwas mit Augen. Es bewegt sich auf mich zu: Ich springe zurück zu meinem Beschützer und sage ihm, er soll um Gottes willen das Licht wieder anmachen. Das Licht funktioniert nicht.

»Was ist denn los?«

»Nichts ist los«, sage ich. »So wie's aussieht, hast du nur gerade durch einen Akt der Barmherzigkeit ein paar Heiligen die Freiheit geschenkt.«

Die Schemen mächtiger Körper ziehen an uns vorbei. So nah, daß ich ihr Fell riechen kann. Ich hoffe nur, daß Bauer Pollke von dem Lärm nicht aufgewacht ist. Und daß Yash sowohl eine Stalltür reparieren kann, als auch eine Idee hat, wie wir die Viecher da wieder rein kriegen.

»Kannst du bellen?« frage ich, aber er hat nur Augen für die schwarzweißen Tiere, die sich langsam und fast vollkommen lautlos an uns vorbei in die Freiheit schieben.

»Ob du bellen kannst«, wiederhole ich. »Wie ein Hund.« Ich mache es vor. Den Kühen ist das egal. »Wir können die doch nicht einfach da rumspazieren lassen!«

Er wartet, bis das letzte Tier an uns vorbeigelaufen ist, dann steigt er aus. Und lächelt. Ich habe zwar keine Ahnung, was er vorhat, aber ich nehme seine Hand und lasse mich von ihm an einer alten Schneekanone vorbei in den Stall führen. Meine Augen haben sich längst an die Dunkelheit gewöhnt, zumindest sehe ich seine Zähne, den unwichtigen Teil seiner Augen und sein Hemd. Wir liegen auf dem Rücken im Heu, sehen durch die zersplitterte Stalltür in die Sterne und küssen uns.

Wir küssen uns schon ziemlich lange, als ich etwas höre. Ein feines Hecheln, ganz leise nur, und in diesem Moment wird mir klar, daß das Geräusch nicht neu ist. Daß ich es die ganze Zeit gehört habe.

»Yash!«

Er hört kurz auf mit dem, was er macht. »Was ist?«

»Die Eintracht!«

Yash guckt irritiert. »Ein Fußballverein?«

»Der Hund von Bauer Pollke!«

Wir starren in Richtung der offenen Tür. Ich sehe ihn nicht. Aber ich weiß, daß er da ist.

»Und jetzt?«

»Wir dürfen uns nicht von der Stelle rühren«, sage ich. »Bis Pollke uns morgen befreit.«

»Überhaupt nicht?«

»Nein«, antworte ich und ziehe ihn zu mir rüber. »Fast überhaupt nicht.«

56. Indian Summer

Franz hatte gerade seine erste Scheibe bestrichen, als er die Zeitung in den Flur klatschen hörte, wie jeden Morgen.

Er mochte das Brot am liebsten mit viel Butter, mit Käse, Honig, Wurst und Gurken, und er war froh, daß Margit und Charlotte schon aus dem Haus waren. So mußte er wenigstens nicht ihre angewiderten Gesichter ertragen. Franz nahm sich auf dem Weg in den Flur noch einen Kaffee und ging dann mit der Tasse in der Hand zur Tür.

Die Zeitung lag genau richtig herum.

Bollywood-Star:
Was läuft da mit dem Dorfmädchen?

stand fett über dem Foto. Franz schloß die Augen und öffnete sie wieder. Aber Yash küßte noch immer seine Tochter – vor einem Meer aus Rosen.

Das mußte eine Fälschung sein. Er konnte nicht glauben, daß Charlotte dazu fähig war – ihren Vater so zu verraten, was er aufgebaut hatte, derart mit Füßen zu treten. Doch selbst wenn es eine Fälschung war: Das Bild in der Zeitung existierte. Ob es die Wahrheit zeigte, zählte damit nicht mehr. Wenn Rahul irgendwie Wind davon bekam, konnte er den Laden heute noch dichtmachen.

Es klingelte.

Lutz, dachte er wütend und öffnete die Tür.

Pollke.

Und wenn er die Zeitungen aufkaufen würde? Alle Zeitungen im ganzen Dorf? Noch war es früh genug. Noch war Rahul wahrscheinlich nicht wach.

Pollke stand vor ihm und sagte nichts.

Vielleicht war das eine Möglichkeit: Alle, die bei der Hochzeitsszene mitmachten, waren jetzt schon am Drehort und wurden von Marlen, ihrer Mutter und der Visagistin geschminkt. Von denen konnte niemand die Zeitung gelesen haben. Und sobald die Hochzeit im Kasten war, würde das Team ohnehin abreisen. Es ging also nur noch um Stunden. Nur ein paar winzige allerletzte Stunden, die er durchzuhalten hatte. Aber er mußte schnell sein.

»Was willst du?«

»Geld.«

Franz lachte.

Pollke lachte nicht. »Bring meinen Stall wieder in Ordnung.«

Franz nahm einen Schluck Kaffee. »Ich hab's eilig, Bernd.« Er setzte einen Fuß auf die Zeitung, damit Pollke das Bild nicht sehen konnte.

»Hab ich gemerkt.« Pollke ballte die Fäuste, daß seine Knöchel weiß hervortraten. »Wenn du es das nächste Mal eilig hast, setz die Mühle gegen dein eigenes Haus.«

»Ich weiß nicht, wovon du redest.« Franz schaffte es, die Zeitung mit den Füßen auf die andere Seite zu drehen. Er ging in die Küche, biß von seinem Brot ab und spülte mit einem Schluck Kaffee nach. Als er sich umdrehte, stand Pollke im Türausschnitt.

»Ist wohl 'n neues Hobby von dir, unerwünschten Dorfbewohnern ihre Bude kaputtzufahren.«

Franz nahm sein Sakko von der Lehne. Er wollte an ihm vorbei nach draußen gehen, aber Pollke rührte sich nicht.

»Hör zu, ich hab's wirklich eilig. Wenn du mir nicht mal erklären kannst, wovon ...«

»Ich spreche vom Gemüsemann.« Pollkes Baß dröhnte durch die Küche. »Ich rede davon, daß du seit zwei Nächten sturzbesoffen auf meinem Hof rumfährst. Und dann auch noch blöd genug bist, deine Dreckskarre einfach stehen zu lassen. Eine Visitenkarte hätte völlig gereicht.«

Franz sah aus dem Fenster. Der Wagen war weg. »Verdammt.« Er durchwühlte die Taschen seines Jacketts. »Jemand hat meinen Schlüssel geklaut.«

»Klar.« Pollke lachte. »Und ich weiß auch schon, wer: Vishnu«, sagte er. »Vishnu, Vishnu, Vishnu, tätärääääää ...«

Franz stieß ihn zur Seite, drängte sich in den Flur. Er hatte keine Zeit für solche Geschichten. Aber Pollke packte ihn am Arm.

Im Flur stand plötzlich eine Frau. Eine Inderin! Franz starrte sie an.

Margit. Das war Margit.

»Ist sie wieder aufgetaucht?« Sie war ganz außer Atem.

»Wer?«

»Charlotte.« Die indische Margit sah gehetzt aus. »Sie ist heute morgen nicht in ihrem Bett gewesen. Franz, ich …«

Pollke ließ ihn los. Franz hob die Zeitung auf, rollte sie zusammen und klemmte sie sich unter den Arm: »Gib mir dein Fahrrad, Margit.«

»Schon wieder?«

57. Die letzte Klappe

Marlen hielt die Rosen an ihren ausgestreckten Armen von sich, damit keine Dorne an ihrem Kleid hängenblieb. Es waren dreiundvierzig Stück. Bei weitem nicht genug, um jedem eine davon in die Hand zu drücken, aber wenn sie gleichzeitig dem Brautpaar entgegengeworfen würden, gäbe das sicher ein schönes Bild. Gewissermaßen hielten Lutz' Rosen dadurch ewig; die ganze Welt würde sie sehen können, zumindest der Teil, der sich für Bollywood-Filme interessierte.

Marlen hatte nicht geschlafen. Sie hatte die ganze Nacht vor dem Redaktionsgebäude mit Lutz im Auto gesessen und geredet. Sie hatte sich eigenartig wohl gefühlt dabei, hatte einfach angefangen zu erzählen, und als sie irgendwann vor ihrer Haustür wieder ausgestiegen war, hatten die Vögel bereits zu singen begonnen. Sie hatte sich nur schnell zuhause umgezogen und war dann mit ihrer aufgekratzten Mutter direkt zum Drehort gegangen.

Der Himmel war jetzt wolkenlos, es versprach ein schöner Tag zu werden, und einhundertachtundsiebzig bis ins Detail ausstaffierte Dorfbewohner standen in Saris und Lungis am Hang und fieberten dem Sonnenaufgang entgegen. Kamera, Licht, Ton: alles war aufgebaut, man wartete nur noch auf den Regisseur, auf Yash und natürlich auf Charlies Vater, der es sich nicht nehmen lassen wollte, die Klappe zu der letzten und entscheidenden Sequenz persönlich zu schlagen.

Marlens Blick fiel besorgt auf die aufgeschlagene Zeitung, die sie schnell noch von der Haustürschwelle mitgenommen hatte, um die Stiele der Rosen darin einzuwickeln.

Natürlich hatte sie gewußt, daß so etwas kommen würde. Sie selbst hatte Lutz ja gewissermaßen dazu angestiftet. Aber erst als sie gesehen hatte, was die Zeitung aus dieser Geschichte gemacht hatte, war ihr klar geworden, was dieses Foto wirklich anrichten konnte.

58. Dornröschen

Ich rieche Heu. Ich weiß nicht, wo ich bin oder was mich geweckt hat. Ich sehe Heu. Dann sehe ich Yash. Er liegt neben mir. Nackt. Genau wie ich. Langsam erinnere ich mich: der Unfall. Die Kühe. Der Stall von Bauer Pollke. Ich fahre hoch, aber ich sehe keinen Hund. Ich sehe eine schwarze Gestalt, die als Schattenriß gegen die anbrechende Morgendämmerung steht, neben der zersplitterten Tür.

Pollke, denke ich. Aber das ist nicht Pollke. Ich taste nach meinen Sachen, ziehe sie vor meinen Körper. Der Moment, in dem ich die Gestalt erkenne, gehört zu den Augenblicken, die einen noch Jahre später aus unruhigen Träumen erwachen lassen, mit trockenem Mund und zitternden Knien: eine Sekunde, die sich für immer in die Seele brennt.

»Du?«

John-Boy sagt nichts, und ich versuche, seinen Blick auszuhalten. Mein Knie stößt gegen Yash, immer wieder. Ich will, daß er aufwacht. Daß ich das nicht alleine erleben muß. Yash reibt sich die Augen, aber er begreift nicht.

John-Boy steht noch eine ganze Weile da, dann wendet er sich ab. Ich sehe, wie er zum Wagen geht, als wollte er einen Schaden inspizieren.

Ich ziehe mich an. Reiche Yash seine Klamotten. Als wir rauskommen, sitzt John-Boy im Wagen. Er hält uns eine Zeitung hin. Ich bin auf der Titelseite. Formatfüllend.

»Scheiße«, sage ich und spüre, wie mir Tränen in die Augen schießen.

59. Wie der Flügelschlag eines sehr traurigen Vogels

»Ob du noch mehr von diesem Dreck hast, will ich wissen!«

Vu ging nach hinten und kam mit einem Stapel Zeitungen zurück. Er hakte die Finger unter das gekreuzte Paketband, hob das Bündel auf den Tresen. »Das sind alle.« Er verschwand kurz hinter der transparenten Trommel mit Rubbellosen. *Überlassen Sie Ihr Glück nicht dem Zufall,* stand darauf. »Außer der hier.« Er zog eine Zeitung unter dem Tresen hervor. »Aber die lese ich eigentlich gerade.«

Franz nahm sie ihm aus der Hand, entfernte die Titelseite und riß sie in Fetzen. Es regte ihn auf, daß der Gemüsehändler scheinbar durch nichts aus der Fassung zu bringen war: Selbst jetzt stand er weiter hinter dem Tresen und lächelte, als wäre nichts gewesen.

Vu drehte die halb gefüllte Plexiglastrommel. Die übereinanderfallenden Rubbellose klangen wie der träge Flügelschlag eines sehr traurigen Vogels. »Sie haben eine so wunderbare Frau. Kein Wunder, daß Sie niemals Lose bei mir kaufen. Glück in der Liebe ...«

»Komm mir nicht mit so 'nem Gequatsche«, unterbrach Franz ihn schroff und legte einen Schein auf den Tresen. »Bring die Zeitungen nach hinten. Ich will heute keine davon im Dorf sehen! Und dich würde ich hier am liebsten gar nicht mehr sehen!«

Er verließ den Laden. Franz hätte Vu gern noch nachhaltiger zu verstehen gegeben, was er von vietnamesischen Gemüsehändlern hielt, die nachts mit seiner Frau durch die Küche rutschten, aber er mußte sofort zum Hotel und Rahul persönlich zum Drehort begleiten. Dann hätte er es doch noch geschafft, diesen miesen Dreckskerl Lutz Haas zu besiegen: Der hatte den entscheidenden Schlag gegen ihn bestimmt schon die ganze Zeit geplant und ihn sich bis zum Schluß aufgespart. Hatte die ganze Zeit auf gut Freund gemacht, nur um ihn jetzt um so vernichtender treffen zu können. Aber so kurz vor dem Ziel ließ sich ein Franz Luckhalter nicht abfangen. Erst recht nicht von diesem Bübchen, das es sogar nötig hatte, Lügen über seine Tochter zu erfinden.

Franz stieß die Tür zum Hotel auf und marschierte direkt in den Frühstücksraum. Er würde ihnen schon zeigen, daß für Niedertracht in Sillberg kein Platz war. Zumindest nicht, solange er dort wohnte.

»Wo ist er?« rief er dem Mädchen zu, das gerade

eine leere Blechwanne am Buffet gegen eine frische mit dampfendem Rührei austauschte.

»Wer?«

Franz deutete auf Rahuls Stammplatz und erschrak, weil darauf eine zerknüllte Zeitung lag.

»Gerade weg«, sagte das Mädchen fröhlich. »Schien es plötzlich sehr eilig zu haben.«

60. Bakterien und Mikroben

Wir sitzen in der Corvette. John-Boy und Yash vorne, ich hinten. Wir fahren zum Westhang. Noch immer sagt niemand etwas. Aus dem Radio kommen die *Nachrichten aus der Region,* damit niemand merkt, daß keiner was sagt, aber natürlich funktioniert das nicht. Die *Nachrichten aus der Region* verstärken unser Schweigen nur, und das erinnert mich an etwas, das mir Marlen mal über Bollywood-Filme erzählt hat: Daß sich durch die Dichte der Emotionen der natürliche Ablauf der Zeit verzerrt. Meine Wahrnehmung jedenfalls ist gerade auf Zeitlupe geschaltet, die Strecke kommt mir endlos vor.

Dann kommt Musik, John-Boy stellt sie ganz laut, und nicht erst, als ich die ersten Takte von *Mrs. Robinson* erkenne, möchte ich ihm dafür um den Hals fallen.

Kühe ziehen an uns vorbei, aber Yash würdigt sie keines Blickes. Ein bißchen habe ich plötzlich den Eindruck, daß er lächelt.

Als wir dann endlich am Set sind, stürzt sofort eine Frau auf mich zu, die ich noch nie gesehen habe.

»Lottchen, Gott sei Dank!«

Es ist meine Mutter.

»Wow«, sage ich. »Hat dich Papa schon so gesehen?«

»Ich hab mir so Sorgen gemacht, wo warst du denn?«

Neben Bakterien und Mikroben werden die Sprüche besorgter Mütter die letzten Überlebenden auf diesem Planeten sein.

»Später«, sage ich, sehe mich um und mache mich bereit, zum ersten Mal in meinem Leben einen Menschen zu schlagen: »Wo ist Lutz?!«

61. Sex mit Tieren

Knapp zweihundert komplett kostümierte Leute standen vor einem prunkvoll verzierten Altar. Charlie irrte zusammen mit Kriegler durch die Menge wie fehlgeleitete Billardkugeln, während Yash noch immer am Steuer der Corvette saß, als wäre er mit offenen Augen lächelnd eingeschlafen.

»Sie suchen dich«, flüsterte Marlen Lutz zu und wunderte sich, wie entspannt Yash aussah. Selbst wenn er keine Frau in Indien hatte, selbst wenn seine Fans über den Fehltritt ihres Stars großmütig hinwegsähen, hatte er immer noch seine Karriere aufs Spiel gesetzt: Die Abteilungen Marketing und Produktion wären sicher nicht sonderlich begeistert über den drohenden Imageverlust, der mit einem ostdeutschen Dorfmädchen zusammenhängen konnte.

Im Gegensatz zu den Klamotten von Yash und Charlie waren Kriegiers Sachen komplett strohfrei, was zumindest vermuten ließ, daß sie sich nicht zu dritt im Heu gewälzt hatten. Aber Sex mit Tieren hätte sie den beiden auch nicht zugetraut.

Obwohl sich Marlen mittlerweile damit abgefunden hatte, daß Yash kein Interesse an ihr zeigte, hatte es ihr doch einen Stich versetzt, das Stroh an Yash und Charlie zu entdecken.

»Wo bleibt eigentlich Luckhalter?« fragte Lutz, und Marlen hörte ein Geräusch, das wie das Surren einer unter Glas gefangenen Hummel klang.

Bis zuletzt hatte sie gehofft, daß noch ein Wunder geschehen könnte. Doch als sie jetzt sah, wie sich die Schwalbe den Hang hochquälte, wußte sie, daß die Zeit für Wunder endgültig vorbei war. Rahul klammerte sich so dicht an Heiko Hagemeisters Rücken, daß Marlen erst dachte, der als Inder verkleidete Heiko trüge einen riesigen indischen Rucksack. Es sah komisch aus, wie sich der Regisseur an Hagemeister festhielt, und unter weniger traurigen Umständen hätte sie Lutz gebeten, ein Foto davon zu machen. Rahul wuchtete sich von der Schwalbe und fing sofort an zu schreien; selbst von ihrem Spähposten aus verstand Marlen jedes Wort: Er befahl ihnen abzubauen.

Eine ganze Weile lang sah alles aus wie in Dornröschens Schloß nach dem Fluch. Nur Rahul tobte wie ein Derwisch, er schnaubte und baute jetzt persönlich einen Scheinwerfer vom Stativ.

Für die Leute aus dem Dorf tat es Marlen besonders leid: Jeder von ihnen war ihr im Laufe der Vorbereitungen ans Herz gewachsen – selbst die, mit denen sie sonst kaum zu tun gehabt hatte. Joschi zum Beispiel war zu einem Vorbild für sie alle geworden, er hatte sich reingehängt, als ginge es um sein Leben, dabei hatte Marlen nicht im Traum damit gerechnet, daß er überhaupt mitmachen würde. Und jetzt standen sie alle wie versteinerte Inder da und konnten nicht glauben, daß die Show zu Ende war, bevor sie wirklich begonnen hatte.

Rahul war schon auf halbem Weg zum Kastenwagen, als sein Blick in die Corvette fiel: Er stellte den Scheinwerfer ab und stürzte auf den Mann zu, der noch immer wie unbeteiligt auf dem Beifahrersitz saß. Marlen beglückwünschte Yash zu der Entscheidung, nicht ausgestiegen zu sein: So wie Rahul aussah, konnte Yash froh sein um jeden Zentimeter Blech, der zwischen ihnen lag.

62. Stars

Yash sah Rahul auf sich zukommen. Er spürte, wie ihn der Regisseur am Kragen packte und schüttelte, hörte, wie Rahul etwas schrie, aber die Worte rauschten an ihm vorbei. Gern hätte er so getan, als wäre er bestürzt, als ginge ihn das alles etwas an, aber er konnte nicht.

Natürlich wußte er, daß Rahul recht hatte. Daß er einen Fehler gemacht hatte, durch den er im schlimmsten Fall die gesamte Bollywood-Mafia gegen sich aufbringen würde. Aber es war ihm egal. Er war plötzlich unendlich müde. Müde von einem Leben, das grenzenlose Freiheit versprach und doch nur ein subtiles System aus Zwängen und Beschränkungen war.

Yash hatte gelernt, die neun Rasas des Masala-Films zu verkörpern: Liebe, Komik, Traurigkeit, Heldentum, Schrecken, Ekel, Wut, Wundersames und Friedvolles. Er hatte gelernt, diese neun Grundelemente in der richtigen Mischung in den Film einzubringen. Trotz seines Widerwillens, nach festgelegten Rezepten zu funktionieren, hatte er im Bombay Masala die Gelegenheit gesehen, innerhalb der engen Grenzen von Mythologie, Symbolismus und stets wiederkehrender Muster die Menschen lachen, weinen und verzweifeln zu lassen, ihnen zumindest für drei, vier Stunden Erlösung zu verschaffen, sie zu vereinen in der Sehnsucht nach einer Welt, die sie in ihrem Land normalerweise nicht fanden.

Nun hatte *er* eine andere Welt gefunden. Eine Welt, von der er nichts gewußt, von der er nicht einmal geahnt hatte, daß sie existieren könnte: eine Welt, in der ihn niemand kannte, in der nur zählte, was er war, und nicht, was er darstellte.

Charlie hatte gelacht, als er ihr erklärt hatte, daß das für ihn wahre Freiheit bedeute. Sie hatte etwas über Teilungen, Grenzen und Mauern erzählt, über das Gegenteil von Freiheit, und obwohl ihm am Ende klar geworden war, daß sie unterschiedliche Begriffe von Heimat hatten, hatte er sich ihr seitdem noch näher gefühlt.

Yash spürte, wie Rahul ihn am Kragen packte und hochhob, wie sich seine Oberschenkel leicht vom Sitz lösten. Als Kind hatte er oft am Strand gestanden und gefühlt, wie ihm der Sog nach einer Welle den Sand unter den Füßen weggezogen hatte. Das war das Glück gewesen. Als Kind waren ihm alle Geschichten vorgekommen wie eine einzige große Geschichte, Anfang und Ende wie Punkte desselben Kreises.

Auch jetzt hatte Yash das Gefühl, daß etwas zu Ende ging. Und gleichzeitig etwas Neues begann. Daß alles irgendwie miteinander zu tun hatte. Er spürte keinen Schmerz. Er mußte lächeln. Er sah Rahuls von Wut verzerrtes Gesicht und hatte keine Angst. Weder vor dem, was war, noch vor dem, was sein würde. Er bereute nichts.

63. Das Wunder vom Westhang

»Lutz, bitte tu was, er bringt ihn sonst um!«

Lutz spürte, wie Marlen ihren Kopf an seine Schulter drückte und das Gesicht in den Händen vergrub, während Rahul immer heftiger an Yash herumrüttelte und etwas schrie, in dem Luckhalters Name vorkam. Rahul nannte ihn immer noch *Luckholder*, obwohl Franz in den letzten Tagen alles andere als ein Verwalter des Glücks gewesen war.

Dann hörte Lutz ein zunächst verhaltenes, dann immer lauter werdendes rhythmisches Quietschen.

Seitdem die Bollywood-Crew hier angekommen war, hatte Franz sein Gespür für wimperngenaues Timing immer wieder eindrucksvoll unter Beweis gestellt. Aber dieser Auftritt setzte allem die Krone auf: Wie am ersten Tag erschien er auch jetzt auf einem klapprigen Damenrad. Nur daß ihn diesmal kein Stolpern, kein unfreiwillig komischer Auftritt davor retten würde, am Ende als Verlierer dazustehen.

Lutz freute sich schon auf den Moment, in dem Luckhalter eröffnet wurde, daß die letzte Aufgabe seiner Amtszeit als Tourismusmanager darin bestand, das gesamte Team höchstpersönlich Richtung Schweiz zu fahren: in dem klobigen Kastenwagen einer Firma, die in diesem Moment pleite gegangen war.

Während die Techniker unaufhörlich mit dem Abbau des Sets beschäftigt waren, ließ Rahul plötzlich von Yash ab und stapfte mit breiter Brust und geballten Fäusten dem ehemaligen General Manager von *Sillberg-Travel* entgegen.

Franz Luckhalter warf das Fahrrad ins Gras und ging ebenfalls auf Rahul zu. Schützend hob er seine Hände. Wie seltsame Westernhelden, die sich zum finalen Duell treffen, dachte Lutz. Es lagen noch etwa zwanzig Meter zwischen ihnen.

Lutz setzte ein Teleobjektiv vor die »richtige« Kamera, die sich immer besser in seinen Händen anfühlte, je öfter er sie benutzen durfte. Er hatte keine Ahnung, was geschehen würde, aber er wollte möglichst nah dran sein, um im richtigen Moment den Auslöser drücken zu können. Noch zehn Meter.

Er stützte das schwere Objektiv mit der linken Hand und verstellte die Schärfe. Doch bevor Lutz die Männer ins Visier bekam, sah er etwas anderes. Es kam um den Berg herum, und was er dort sah, ließ ihn sofort vermuten, daß etwas mit der Optik nicht stimmte.

»Was ist?« fragte Marlen.

Er setzte die Kamera ab und überzeugte sich mit bloßem Auge davon, daß er keine Gespenster sah. Aber das war kein Gespenst. Schon während er scharfstellte, drückte Lutz den Auslöser. Weil er nicht glauben konnte, was er sah. Und damit sie ihn nicht für verrückt hielten, wenn er später davon erzählen würde.

Aber es sollte ihn niemand für verrückt halten. Sie alle würden mit eigenen Augen sehen, wovon sie nachfolgenden Generationen immer wieder mit dem Stolz derjenigen berichten würden, die dabeigewesen waren. Lutz war lediglich der erste, der es sehen konnte, und dieser Umstand versetzte ihn in die Lage, ein Foto zu machen, das noch Jahre später in den Haushalten von Sillberg hängen sollte. Selbst der Andenkenladenbesitzer öffnete sein Geschäft wieder häufiger und verkaufte dieses Foto nach dem Ereignis, das später etwas großspurig als »Das Wunder vom Westhang« in die Annalen des Dorfes einging, als Postkarte und auf T-Shirts.

64. Der blaue Reiter

Margit wußte nicht, warum der Regisseur auf einmal so rumgeschrien hatte und der Rest der Crew ein Gesicht machte, als sei die Welt untergegangen. Sie hatte keine Ahnung, warum Rahul zuerst dem Hauptdarsteller und danach ihrem Mann an den Kragen wollte. Und erst recht wußte sie nicht, warum der Regisseur plötzlich stehenblieb.

Im Lauf der Proben hatte sie schon so manche Überraschung erlebt: Daß zum Beispiel ausgerechnet der Sohn von Walter Hagemeister zu einem begeisterten Vortänzer werden könnte. Aber jetzt hatte sich von einer Sekunde auf die andere die gesamte Stimmung am Set verändert: Wie einem geheimen Kommando folgend drehten alle fast gleichzeitig die Köpfe, ohne daß jemand etwas gesagt oder ein Zeichen gegeben hätte. Gemeinsam wurden sie Zeuge, wie die schwarze Gestalt langsam hinter dem Berg auftauchte.

»Was ist das?« flüsterte Joschi, der neben ihr stand.

Die Gestalt saß auf einer Kuh. Und wenn Margit das richtig sah, war der Reiter vollkommen nackt. Joschi bekreuzigte sich, und in diesem Moment schob sich die Sonne hinter zwei Bäumen in ihrem Rücken in die Höhe, so daß die ersten Strahlen des Tages wie über eine Kimme hinweg punktgenau auf den Reiter trafen. Erst jetzt erkannte Margit, daß der Mann auf der Kuh über und über mit blauer Farbe bemalt war – und, daß es sich bei der Gestalt um Bauer Pollke handelte!

Verstohlene Blicke wurden nach rechts und nach links geworfen; jeder wollte sichergehen, daß er nicht der einzige war, der den blauen Reiter sah, und weil anscheinend niemand so recht wußte, wie angemessen auf die Erscheinung zu reagieren war, verharrte man zunächst unschlüssig im Niemandsland zwischen Fassungslosigkeit und Entsetzen.

Bernd Pollke selbst war es, der das Schweigen brach. Seine Stimme donnerte ins Tal wie der Zorn Gottes: »*Vishnu, Vishnu, Vishnu, täätärääää!*« Pollke saß vollkommen aufrecht auf seiner Kuh, und wenn Margit sich nicht vollkommen täuschte, hatte sie ihn schon eine Ewigkeit nicht mehr so nüchtern erlebt.

»Was macht der da?« Margit zupfte an ihrem Ärmel. »Was macht der da bloß?«

»Ich schätze, das gehört zum Auftritt«, sagte ein ziemlich hagerer Inder vor ihr. Es war der Pfarrer. »Hab mit ihm gestern noch über Shiva gesprochen, den blauhäutigen Gott. Eine der wichtigsten Erscheinungsformen Vishnus.«

Margit verstand überhaupt nichts mehr.

»Sieh mal.« Joschi faßte sie am Arm. »Sieh dir Rahul an!«

Zögernd hob Margit den Kopf.

Dann sah sie es auch.

65. Heilige Kühe

Rahul stürzte auf ihn zu. Aber statt ihn zu schlagen, schloß er ihn in die Arme. Franz wollte gerade anfangen, ihm seine Verschwörungstheorie von gefälschten Bildern und geheimen Komplotten darzulegen, als er merkte, daß Rahul ihn nicht umarmte, sondern sich an ihn klammerte wie ein ängstliches Kind. Franz wußte nicht, was das zu bedeuten hatte, aber er biß die Zähne zusammen, drückte ihn an sich und strich ihm über den Kopf: »Everything is fine, I'm with you…« Er zögerte. »… my friend.«

Er hoffte, daß ihn niemand beobachtete. Aber im Moment hatten sowieso alle nur Augen für Pollke.

Franz fragte sich, ob der jetzt endgültig durchdrehte – aber Rahuls plötzliche Veränderung schien irgendwie mit dessen Auftritt zu tun zu haben, und solange Pollke dazu beitrug, Rahuls Zorn im Zaum zu halten, konnte er seinetwegen einen doppelten Rittberger auf seiner Kuh vollführen.

Eine Zeitlang war alles still. Dann löste Rahul seine Umklammerung. Er sah Franz irgendwie beseelt an, wandte sich seiner Crew zu und brüllte schließlich etwas, dem kollektives Gejubel folgte. Die Dorfbewohner jubelten mit, und Franz ließ sich tragen von einer Woge der Begeisterung, verneigte sich vor dem Volke, das in nicht endenwollenden Ovationen seinen Erlöser feierte.

66. Happy End

Natürlich kann man jetzt darüber streiten, was schlimmer ist: sich nackt auszuziehen, mit blauer Farbe anzumalen und auf einer Kuh über den Berg hinweg einer indischen Hochzeitsgesellschaft entgegenzureiten – oder eine solche Erscheinung für ein Zeichen der Götter zu halten.

In unserem speziellen Fall bedeutete die Kombination daraus die Rettung, weswegen ich auch nichts daran peinlich finden werde. Für Rahul gab es plötzlich keinen Zweifel mehr daran, daß dieser Film unbedingt hier und jetzt zu Ende gebracht werden mußte; er hat sofort mitgeholfen, alles wieder herzurichten, und die anschließenden Dreharbeiten haben Bollywood mit Sicherheit eine der schönsten Hochzeitssequenzen aller Zeiten geschenkt. Niemand mußte mehr einen Schauspieler spielen, der einen Hochzeitsgast spielt; der Jubel, die Befreiung, das alles war echt, selbst John-Boy hat mitgetanzt, und wenn ich vor längerer Zeit geplant hätte, dem Dorf eine Sintflut zu schicken: allein aufgrund dieser Bilder hätte ich es mir noch mal überlegt. Und natürlich wegen all der anderen Bilder, die noch folgten.

Das Gesicht von Bernd Pollke zum Beispiel, als er am nächsten Tag vom Bürgermeister persönlich zu einem Empfang im Rathaus geladen wird – und merkt, daß seine Mission komplett fehlgeschlagen ist. Als Rächer war er gekommen, den Spuk zu beenden, doch empfangen wird er wie der Messias. Und die Zahl der Leute, die anschließend vor dem Rathaus auf ihn warten, ist vielfach größer als die Zahl der Gespräche, die er seit dem Tod seiner Frau mit einem Bruchteil dieser Leute geführt hat.

Oder das Gesicht von Heiko Hagemeister, als ich ihn unmittelbar nach Abschluß der Dreharbeiten für den diesjährigen Charlie-Luckhalter-Bang-Bang-Musical-Darsteller-Award nominiere.

Rahul und mein Vater, die sich kurz vor der Abreise noch mal in die Corvette setzen und gemeinsam eine Zigarre rauchen.

Joschi, der Rahul versprechen muß, das exzellente Chicken Tandoori meiner Mutter in die Karte aufzunehmen – für den Fall, daß Rahul mal »privat in die Region kommt«.

Die geschäftlichen Beziehungen zwischen Bollywood und Sillberg sind seit der Schneelüge natürlich für alle Zeiten beendet und werden nur eine skurrile Episode in der an skurrilen Episoden recht armen Geschichte des Dorfes bleiben. Aber Sillberg tilgt wenigstens seine Schulden, und mein Vater behält seinen Job – und übrigens auch seine Frau: Weil das mit dem Dreh doch noch gutgegangen ist, hat mein Vater sogar für sie gekocht. Zum ersten Mal in seinem Leben. Und einen Großteil der Zutaten hat er bei einem gewissen vietnamesischen Gemüsehändler gekauft. Inklusive Rubbellos. Ich glaube, ich habe meine Mutter schon lange nicht mehr so glücklich gesehen. Aber richtig zufrieden war sie erst, als mein Vater sich zur Strafe die Augen verbinden und zu »Dark Side of the Moon« im ganzen Haus nach ihr suchen mußte.

Marlen, die sich ein bißchen schämt mir zu sagen, daß Lutz Haas und sie »ihre Freundschaft vertieft« hätten.

Ernst Kriegler, der beschlossen hat, zusammen mit der Frau des Bürgermeisters eine Initiative ins Leben zu rufen, deren Ziel die Gründung einer indischen Tanzgruppe ist – in einem seit Jahren leerstehenden Anbau des Pollkeschen Gehöfts, das Ernst Kriegler eigens zu diesem Zweck aus- und umbauen will – und das mit ausdrücklicher Genehmigung von Pollke, der gern die Schirmherrschaft des Projektes übernimmt.

Dann natürlich die große Abschiedsszene: eine als Inder verkleidete Dorfgemeinschaft, die sich traurig um einen weißen Kastenwagen, einen alten Wartburg und eine mit blauer Farbe bekleckste Kuh versammelt – um ein paar echten Indern mit bunten Tüchern und den Säumen ihrer Gewänder zu winken.

Selbstverständlich gibt es auch noch eine andere, deutlich bewegendere Abschiedsszene, die genau da stattfindet, wo das Material zur Simulation solcher Abschiedsszenen in diesem Moment gelagert ist: versteckt zwischen Scheinwerfern, Stativen und Kameras, auf der Ladefläche eines fast neuen Transporters.

Yash nimmt mein Kinn zwischen drei Finger und hebt meinen Kopf. Er sieht mich an, mit einem Blick, der mir weitaus besser gefällt als der in seinen Filmen. Er hat Tränen in den Augen, er lächelt, und ich frage mich, wie das ist: etwas zu erleben, das man sonst nur spielen muß. Etwas zu fühlen, das man schon hundertmal simuliert hat. Oder ob das einfach eine Mechanik ist, aus der er nicht mehr raus kann, und er funktioniert einfach, als Profi.

Ich kann nicht anders, ich muß ihn das fragen. Worauf er mich ansieht, als hätte er sein Leben lang auf diese Frage gewartet.

»Nichts ist gespielt«, sagt er. »Nichts künstlich. Gefühle sind alles, worum es geht. Ob ich im Film in zwei Minuten um die Welt reise, zwanzig Jahre älter werde oder dreimal den Anzug wechsele. Darum geht es nicht. Ich kann nicht mal singen, Charlie. Liebe ist größer als das. Kein Gott ist stärker. Das ist alles, was du aus diesen Filmen lernen sollst. Liebe überwindet alle Grenzen. Mit dem Herzen. Nicht mit dem Kopf.« Er lächelt. »Und jetzt klinge ich wieder wie der ... kleine König.«

»Prinz«, sage ich. »Du klingst wie der kleine Prinz.« Und dann tue ich etwas, das ein deutlicher Hinweis darauf ist, daß wir uns nicht im Film befinden, weil es da verboten ist: Ich küsse ihn und hoffe, daß uns wirklich niemand sieht hier zwischen den Aufhellschirmen, daß alle genug damit zu tun haben, sich ordentlich zu versöhnen, in den Armen zu liegen und sich zu verabschieden.

»Seh ich dich wieder?«

»Jedesmal, wenn du an mich denkst ... Frollein«, sagt er, und dann zitiert er wahrscheinlich etwas aus einem seiner Filme; er sagt, daß er mein Gesicht in der Sonne sieht und in jeder Blume, daß er meinen Atem spürt, wenn der Wind durch die Felder streicht, und egal, ob das jetzt aus einem Lied stammt oder von ihm, ich finde es schon lange nicht mehr peinlich und muß sogar ein bißchen weinen, weil mir erst in diesem Moment klar wird, daß wir uns vielleicht nie wiedersehen werden – und ich das gleichzeitig schlimm und nicht schlimm finde, ich bin also traurig und gleichzeitig glücklich über meine Trauer. Darüber, daß alles ist, wie es ist: genau so und nicht anders. Weil alles perfekt ist. Wenn das jemand versteht.

67. Auf Händen

Yash saß in seinem Garten in Mumbai, trank Tee und beobachtete die schwitzenden Gesichter seiner Bodyguards, die die kleine Straße vor seinem Haus so angestrengt fixierten, als erwarteten sie jede Sekunde eine ganze Armee bis an die Zähne bewaffneter Guerillakämpfer. Er mußte an Amutabh Bachchan denken, sein ehemaliges Vorbild, zu dessen Haus noch immer Tausende von Menschen aus ganz Indien pilgerten, um am Sonntag eine Audienz bei ihm zu bekommen. Er hatte als Erneuerer des Bollywood-Helden gegolten, ein geborener Einzelkämpfer, der keine Kompromisse machte und es den Widrigkeiten des Lebens nicht erlaubte, Macht über ihn zu gewinnen. Als Bachchan nach einem lebensbedrohlichem Unfall über ein halbes Jahr hier im Breach Candy Hospital mit dem Tod gerungen hatte, war einer seiner Fans als Opfergabe sogar achthundert Kilometer rückwärts gelaufen.

Allein in Mumbai waren zweihundert Polizisten rund um die Uhr nur damit beschäftigt, vierzig Berühmtheiten der Filmbranche zu schützen. Amitabh Bachcham gehörte sogar in die Sicherheitskategorie Z, was bedeutete, daß sein Schutz vom Staat finanziert und er täglich von einer schwerbewaffneten Eskorte begleitet wurde.

Doch selbst vierhundert dieser Gorillas konnten Yash jetzt nicht davor schützen, Charlie zu vermissen. Charlie und noch ein paar andere Bewohner eines kleinen, unbedeutenden Dorfes in den ostdeutschen Bergen. Er fragte sich, ob Rahul nicht ein paar Einladungen zu der Premierenfeier dorthin schicken konnte. Und wie lange es wohl dauern würde, rückwärts nach Sillberg zu laufen. Auf Händen.

68. Heimat

Wir sitzen an unserem Ort, John-Boy und ich. Wir schweigen, weil es nichts mehr zu sagen gibt. Wir sitzen nur da und sehen uns das alles an, den Berg, den Mond und die Wiesen, und plötzlich kriege ich ein ganz komisches Gefühl.

Ich glaube, es gibt in diesem Moment keinen Ort, an dem ich lieber wäre, und es gibt niemanden, mit dem ich lieber hier säße als mit John-Boy, meinem allerbesten Freund, aber ich kann es ihm nicht sagen, obwohl ich hoffe, daß ihn das freuen würde. Ich werde einfach versuchen, daß er es spürt.

Ich muß an diese beschissene Panama-Geschichte von Janosch denken, die er mir mal vorgelesen hat, an so Kalendersprüche, daß Glück immer der Moment davor ist, und plötzlich werde ich traurig, weil alles schon mal dagewesen ist, weil alles schon tausendfach gedacht wurde und ich nichts mehr sagen kann, was nur im entferntesten dem entspricht, was ich gerade fühle, ohne daß John-Boy mich komisch angucken würde oder ich mich selbst eklig fände, weil ich nur den Schatten eines Schlagertextes zustande brächte, weil das entschieden zu wenig wäre für das Große in mir, das mich gerade fast zum Platzen bringt; ich halt das nicht aus, denke ich, und daß ich was tun muß, weil ich sonst Krankheiten kriege, denke ich auch, also lasse ich mich zur Seite fallen und rolle den Hang runter, spüre Wiese, Steine, Stöcke: Schläge an meinem Körper, und daß das guttut, denke ich, sich einfach fallenlassen und keine Angst mehr haben zu müssen, vor gar nichts, weil das Große immer da ist, egal was passiert, und ich genieße jeden Schlag, jeden Stein, mache meinen Körper ganz leicht.

Jemand ruft meinen Namen. Charlie. Das bin ich. Er küßt mir die Tränen vom Gesicht, und dann steckt er mir auch noch Blumen ins Haar, diese gelben, aus denen am Muttertag Kränze geflochten werden. Alles dreht sich.

SERIE PIPER

Heinrich Steinfest

Tortengräber

*Ein rabenschwarzer Roman.
288 Seiten. Serie Piper*

Klaus Vavras tägliche Freuden sind es, Croissants zu essen und Frauen am Telefon anzuschweigen. Seine beiden Gewohnheiten bringen ihn in ernste Gefahr: Vavra kann es nämlich nicht unterlassen, die auf einem Geldschein – den er natürlich beim Croissant-Kauf bekommen hat – gekritzelte Nummer zu wählen und wie gewohnt zu schweigen. Wenige Minuten später stürmt die Polizei seine Wohnung. Und damit beginnt eine ebenso mord- wie wendungsreiche und hoch komische Rallye quer durch Wien.

»Heinrich Steinfest verfügt über ein schamlos bloßlegendes Sprachbesteck.«
Der Standard

05/2136/01/L

Heinrich Steinfest

Ein dickes Fell

*Chengs dritter Fall. 608 Seiten.
Serie Piper*

Ein Kartäuser-Mönch soll im achtzehnten Jahrhundert die Rezeptur für ein geheimnisvolles Wunderwasser erfunden haben – 4711 Echt Kölnisch Wasser. Als in Wien ein kleines Rollfläschchen mit dem Destillat auftaucht, beginnt eine weltweite Jagd nach dem Flakon: Seinem Inhalt werden übersinnliche Kräfte nachgesagt, wer es trinkt, erreicht ewiges Leben. Ausgerechnet der norwegische Botschafter muß als erster sterben, und Cheng, der einarmige Detektiv, kehrt zurück nach Wien. Sein Hund Lauscher trägt mittlerweile Höschen, hat sich aber trotz Altersinkontinenz ein dickes Fell bewahrt. Und das braucht auch Cheng für seinen dritten Fall in Heinrich Steinfests wunderbar hintergründigem Krimi.

»Steinfest unterhält nicht nur, er öffnet einem buchstäblich die Augen für – ein großes Wort – den Reichtum und die Vielfalt der Schöpfung.«
Denis Scheck in der ARD

05/2128/01/R

SERIE PIPER

Lolita Pille

Bubble Gum

Roman. Aus dem Französischen von Gaby Wurster. 352 Seiten. Serie Piper

Manon ist ein Superstar! Doch was ist, wenn alles nur eine Lüge ist, ein gnadenloses Spiel? Denn Derek Delano, dem Milliardär, verdankt sie alles. Er hat ihr den Traum erfüllt und ein Leben in der Welt der Reichen und Schönen ermöglicht. Manon ist reich, berühmt und begehrt. Doch sie erwacht in einem Alptraum, das gefährliche Spiel wird lebensbedrohlich …

Frédéric Beigbeder, der Lolita Pilles ersten Roman »Pradasüchtig« entdeckte, schrieb: »Lolita Pille hat mich fasziniert. Sie hat einen schneidenden Ton, eine abgehackte Bissigkeit, eine wunderbar unverschämte Art, die Jeunesse d'orée zu beschreiben.«

»Lolita Pille glaubt nicht an Märchen – aber an den Sieg des Guten schon.«
woman

05/2081/01/L

Jakob Hein

Herr Jensen steigt aus

Roman. 144 Seiten. Serie Piper

Ist es die hohe Kunst des Nichtstuns, die Herrn Jensen treibt, oder verfolgt er nicht doch einen geheimen Plan? Als Briefträger schiebt er tagtäglich beinah liebevoll Post in die Schlitze der Kästen. Eines Tages freigestellt, verläßt er seine Wohnung immer seltener. – Nicht das Alltägliche, nicht der Wahnsinn interessieren Jakob Hein, es ist der schmale Grat dazwischen. Seine kurze Geschichte von Herrn Jensen lotet mit großer Konsequenz die Tragik eines wunderlichen Lebens ebenso aus wie dessen unerhörte Komik.

»Ein wunderbares Buch. Das müssen Sie lesen!«
Hape Kerkeling in »Lesen!«

05/2152/01/R